문익환 탄생
100주년 기념 시집

문익환 시집

두 손바닥은 따뜻하다

사□계절

차례

1부

11 밤의 미학

12 벗들이 보고 싶어지는 밤이오

13 밤이 깊어 간다

14 다른 것은

16 밤비 소리

18 눈물겨운 봄이 왔네

20 단칸방 서재

22 눈물의 마음

24 53

26 어머니 4

27 새삼스런 하루

30 보름이 며칠 지난 달

31 열두 달 아침

36 덤

39 한씨 연대기

42 기다림

44 조각달의 고독

46 구두닦이 소년

47 수줍은 사랑의 고백

48 잠

50 성수, 영금에게 주는 사랑의 노래

2부

55 하루는

56 동주야

58 인숙아

59 난 뒤로 물러설 자리가 없어요

62 밥알들의 양심

65 전태일

70 이소선 여사의 절규

72 추억의 커피잔

74 발바닥으로나 살거나

76 정철이

78 내가 바라는 세상

81 장준하

84 근태가 살던 방이란다

86 이파리들의 노래

88 양심이라고

90 성근아

92 마지막 자유

94 마지막 시

95 당신의 양심

97 일하는 사람들의 나라

3부

103   잠꼬대 아닌 잠꼬대

108   독백

111   찢긴 마음

114   꿈을 비는 마음

118   너는 무엇이냐

120   두 하늘 한 하늘

122   어머님의 양심

123   통일꾼의 노래 1

126   비무장지대

128   유언

130   넋두리 아닌 넋두리

133   폭포로 쏟아지는 눈물

136   문석이 형님

144   자유

148   통일은 다 됐어

4부

155 히브리서 11장 1절

156 그건 서러움이 아니었구나

158 당신은 언제나 내 뒤에 계십니다

160 손바닥 믿음

161 땅의 평화

164 손바닥 울음

166 나의 길 당신의 길

168 십계명

170 함 선생님

172 부활절 아침에

175 아침 예배

178 하느님의 바보들이여

180 예수의 기도 5

185 우리는 죄인입니다

202 후기―당신에게

205 해설 | 임헌영

• 이 시집은 문익환 탄생 100주년을 맞아 펴내는 기념 시집으로, 생전에 펴낸 『새삼스런 하루』(1973) 『꿈을 비는 마음』(1978) 『난 뒤로 물러설 자리가 없어요』(1984) 『두 하늘 한 하늘』(1989) 『옥중일기』(1991) 다섯 권의 시집과 신문에 발표한 시들에서 가려 뽑은 것입니다.

• 1999년에 펴낸 『문익환전집』의 시들과 각 시집에 실린 시들을 살펴, 현행 맞춤법과 띄어쓰기 원칙을 따르되 되도록 시인의 시어들을 살리는 쪽으로 편집하였습니다.

1부

밤의 미학

커튼을 내려 달빛을 거절해라.

밖에서 흘러드는 전등불을 꺼라.

그리고 눈을 감고 가만히 기다려라.

방 하나 가득한 어둠이 절로 환해져서

모든 것이 흙빛 원색으로 제 살을 내비치거든

네 몸에서도 모든 매듭을 풀어라.

벗들이 보고 싶어지는 밤이오

밤새 시만 읽고 싶은 밤이오

밤새 시만 생각하고 싶은 밤이오

모든 것이 살 속 뼈 속에서 시가 되는 밤이오

모든 것을 사랑하고 싶은 밤이오

무엇 하나 아픔 없이는 사랑할 수 없는 밤이오

한시도 기도 없이는 견딜 수 없는 밤이오

밤이 깊어 간다

아내의 편지마저 없는

신문 없는 날

김남주의 「사랑의 무기」를

이열치열 삼아 읽으며

옆 옆 옆 옆 옆 옆 옆 옆 옆 방

아홉 사람 열 사람씩 들어앉아

땀을 흘리는 스물세 찜통을 생각하며

상대적인 더위를 견디다가

식구통 열고 그 앞에 드러누우니

이건 에어컨 저리 가라구나

멀리 열차 지나가는 소리에

밤이 깊어 간다

새벽을 향하여

다른 것은

자정이 지났습니다

밤의 숨결에서 새벽을 느끼는 시간입니다

방바닥이 따스합니다

그러나 그것도 아닙니다

손때 묻은 책들이 두 벽을 메우고 있습니다

그러나 그것도 아닙니다

옷장이 있고 아내의 경대가 있습니다

그러나 그것도 아닙니다

당장이라도 부엌에 나가 커피를 끓여 먹을 수 있습니다

그러나 그것도 아닙니다

감방과 다른 건 그런 게 아니고

옆에 잠들어 있는 아내의 고른 숨소리입니다

아내의 숨소리를 원고지에 곧 옮길 수 있다는 것도
다르다면 퍽 다른 일입니다

밤비 소리

　김윤식, 김현의『한국문학사』를 읽다가 깜빡 잠이 들었었나 봅니다. 누가 부르는 것 같아 눈을 뜨으며 창가에 나왔더니, 그건 천지를 뒤덮는 밤비 소리였습니다. 감시탑 조명등 불빛에 빗줄기들의 가는 허리가 선명합니다.

　무지개가 서고 비둘기를 날리려면 오늘 밤새, 내일도 모레도 며칠 더 쏟아져야 할 것 같군요?

　밤비 소리가 왜 나를 불러냈을까?

　나는 눈을 감고 귀를 기울입니다. 빗소리가 점점 세어져 갑니다. 선창 밑 어디 짐짝들 틈에 끼여 코를 골고 있을 요나를 깨우기라도 하려는 듯 빗소리가 이젠 마구 기승을 부리는군요.

　나는 눈을 가늘게 떠 봅니다. 흥건히 젖은 속눈썹들 사이로 비쳐 드는 불빛이 비에 젖어 밤의 얼굴은 온통 눈물범벅입니다.

　밤이 울고 있습니다.

　내가 대여섯 살 되던 때의 일이었던 것 같습니다. 집에서 누가 죽은 것도 아닌데, 아버님이 방에서 혼자 소리 없이 울고 계시는 걸 뵌 일이 있습니다. 나도 괜히 가슴이 울먹여 뒤뜨락으로 돌아가 뽕나무에 기대어 서서 눈물 짓던 일이 생각납니다.

눈물겨운 봄이 왔네

눈 덮인 산등성이를 넘던

아침 햇발도

은빛 가루로 부서져 흩날리는

북간도 명동 눈부신 천지

허리까지 빠지는 3리 길

눈을 헤치며 학교 가는 손자들의

빨간 손에

아궁에 묻어 두었던 구운 감자 두 알씩

쥐여 주시던 큰아매

눈물겨운 마음

어느새 돋아 있었네

양지 바른 담장 밑에

진작부터 보고 있었네

대문 열고 드나드는 다 큰 증손자들을

아직 산에는 군데군데 눈이 있고

마당의 개나리는 벙글 생각도 않는데……

단칸방 서재

단칸방
선비의 서재라서
아내의 살내음이 글자마다 배었다.

외면하고픈 생각들엔
장난기 어린 아이놈들의 눈웃음이
고이고……

손때 묻은 나의 분신들
위엔
털어도 털어도 다시 날아드는
생활의 먼지가
섭섭잖게 쌓인다.

주름진 눈길로

아내의 쳇바퀴에서

한 오리 두 오리 저녁노을을

주워 담으면

책 갈피 갈피에선 끼득거리는 소리

들려오고……

흐려 가는 눈을

창 너머 하늘 끝으로 보내면

단산한 여인의 태 속만 같던 방

하나 가득히

검은 바다가 설레이며

태양이 때아닌 신랑처럼

들어선다.

눈물의 마음

앞집 씨암탉이 죽었다는 말만 듣고도

주르륵 흘리시던 싸가지 없는 눈물이지만

동네 개구쟁이들이 개천에서 물장구치는 것만 보여도

눈 둘 데를 못 찾고 주르륵

흘리시던 싸가지 없는 눈물이지만

참새 똥에 섞여 나왔다가 봄만 되면

여린 햇순으로 돋아나는

풀씨 꼴도 못 되지만

밤만 되면 산과 들을 목멘 울음으로 메우는

개고리들처럼 서럽기만 한 건 아니지만

할머니

당신의 눈물만 가슴에 젖어 오면

난 어쩔 수 없이 어린애가 됩니다

동생에게 어머니 품을 빼앗기고

당신의 젖을 만지며 흑흑 잠들던 애기가 되어

당신의 그 싸가지 없는 눈물을 닦아 드리고 싶어집니다

할머니 주름진 얼굴이 해무리를 얹고

해바라기처럼 환해지기를 빌면서

할머니

하늘만큼 보고 싶은 할머니

당신은 멀리 북간도에 계십니다

53

세상에 나서
쉰세 해가 되는 날이다.

아버님 어머님이 정성 들여 매만진
새집 뜨락엔
하늘까지 적시는 이슬비가
가만가만 내린다.

나를 생각해 주는 마음 마음이
기도의 은실이 되어
소리 없이 내린다.

세상을 떠나시면서
마지막 복을 빌어 주신 할머님의

실낱같은 소리가

두만강을 건너

38선 넘어

간절한 염원으로

뽀얗게 눈에 서린다.

고마운 생각이 바람처럼 일어

머리카락이 희끗희끗 날리는데

하늘 같은 이슬이 휘이휘이 뿌린다.

극성스런 태양은 숨어 버렸는데

내 뜨락은 환하기만 하다.

어머니 4

봄이야 오고 있는데
머리맡에선 물이 얼었습니다
얼마나 추우랴 걱정하지 마십시오
가슴은 이렇게 뜨겁습니다
당신 생각을 하며 글썽이는
눈물이야 얼 리 있습니까
번개로 스치는 시를 잡아
언 손가락으로 자리에 긁적이는
자유야 자랑스럽습니다

이제 일어나 얼음을 깨고 두 손을 잠가
손에서 얼음을 빼겠습니다

새삼스런 하루

아침 식탁에서 만나는
얼굴 얼굴이 새삼스러워
어느 하나 옛 얼굴이 아니다.

"처음 뵙겠군요!"
나는 눈으로 반가운 인사를 한다.

책가방을 들고
뛰어나가는
웬 사내 녀석의 뒤통수가
오늘따라
참 잘도 생겼다.

"잘 다녀오너라!"

웬 여인의 낯선 목소리가

오늘따라

가을 하늘처럼 맑다.

대문을 밀고 날아 나오는 미소에

손을 흔들어 답례하는

나의 아침은

왠지 발이 허공을 딛는다.

버스를 타고 사무실에 나오고

웬 사람을 만나 커피를 마시고……

자욱한 담배 연기 속에서

왁자지껄하는

낯선 사람들의 말소리가

어디서 듣던 소리런 듯

오늘따라

새삼스럽다.

왼종일

원고지에 하늘을 메우다

말고

생소한 골목길들을 지나

아름다운 노을이 비낀 저

낯선 문짝을 열고 들어서면

처음 만나는 얼굴들이 또

나를 반겨 줄 테지.

"처음 뵙겠군요!"

이 저녁에도 다시

눈으로 반가운 인사를 해야지.

보름이 며칠 지난 달

왼쪽 이마가 조금 짜부러진 얼굴로
기웃거린다 창 너머로
대폿집에 꼬셔 내려고 온 것 같긴 한데
형수의 눈치가 보여서
입을 못 열고 쭝얼거리는 꼭 그런
육촌동생 익철이의 바보 같은 얼굴이다.

"야, 청진에도 대폿집이 있냐?"

열적게 그냥 씩 웃으며 외면하는 얼굴
지나가던 구름이 가려 버린다.

열두 달 아침

오월의 아침

붉디 붉은 가슴 파아라니 열어 보여도

안 트이는 눈 속을

하늘은 이슬비로 훌훌 내리더니

진달래꽃 다 진 어느 아침

갓 푸르른 모란꽃 망울

피가 졌다

유월의 아침

이슬이 방울방울 맺힌

모란 잎사귀들을 훔치는 햇살에

아른거리는 거울

저켠에서 작약 꽃잎들이

장렬하게 이울고

내 눈 속에선

참새 한 마리 모래로 미역을 감는다

칠월의 아침

말간 앵도알 하나 가슴속으로 굴리며

피어오르는 솜구름

물고기도 촉각만으로 헤엄치는 깊은 바다 속

희디하얀 산호에 가슴 찢기다

팔월의 아침

모시 적삼 시원히 옥비녀 꽂으시고

단정한 옥잠화 매무새 안 흩뜨리시는

아씨 마님

아침 이슬로 머리를 빗으셨네요

구월의 아침

해바라기들이 고개를 못 든다

제 얼굴에서 금시 바래 버릴

아침노을 찬란한 빛깔

눈이 부시어

시월의 아침

더는 못 기다려

하나둘 지는 감나무 잎사귀 소리에

떨떠름하니 익어 오는 맛이야 막을 길 없다만

너무 알몸이 드러나 안쓰럽다

십일월의 아침

푸르스럼 돋아나는 엊저녁 노을을 거두어

달빛 별빛을 사르며 밀려오는 바다

식어 가는 나뭇가지들에 걸려 대롱거리다가

우수수 낙엽처럼 지다

십이월의 아침

눈발 날리며 뛰어가던 강아지들

발바닥에 묻은 낙엽들의 미진한 꿈을

눈 위에 문지르며 짖어 댄다

간밤의 숙취가 가시지 않은 뻘건 해를

일월의 아침

따다 남은 연시 하나

흰 눈 위에 제 속살 다 비우고

쭈그렁 바가지 얼굴로 달렸는 끝 가지에

사라질 듯 피어난 서릿발

황금빛 햇살을 받아

옥류동(玉流洞) 물방울 소리를 날린다

이월의 아침

뜨거웠던 입김

눈꽃 송이송이로 되살아나

유리창마다 온통 하얀 꽃밭이더니

커다란 백수정 속살로 아른거리며

서럽지 않은 눈물 한 방울 두르르 굴러 내리다

삼월의 아침

난무하는 바다

서릿발 날리는 수억만 칼날 수억만 창끝을

날으듯 밟으며

햇살을 섞어 쏟아지는 눈발을 희롱하던

바람 이제사 추위를 타나

개나리 펼쳐지지 않은 꿈자락을 파고든다

사월의 아침

파아란 하늘이 좀 비꼈을 뿐

배꽃 송이송이

연보라 자줏빛 꽃술

솜솜 주근깨로 돋았네요

덤

'쉰까지만 살았으면'
하던 폐병 들린 허약한 소원이
꺾일 듯 꺾일 듯 하다
지나치기 이미 4년,
365일을 네 곱 해서 1460일
그 하루하루를 나는
덤으로 살았다.

내 마음만큼이나 작은
유리잔
거기서 넘어나는
아버님 어머님의 눈물을
혓바닥으로 감치다가 감치다가 나는
찝찔한 인생을

덤으로 맛보았다.

여섯 달 살고

혼자 되어도 좋다며

시집온 아내

그 나팔꽃 같은 마음에 내 목청을 다 쏟고

펄럭이는 가슴 옷자락에

아내의 체온을 묻히며 살기

벌써 28년,

이제사 나는

덤으로 사랑을 알 듯하다.

바다 물살에 무너져 내리는

호, 영, 의, 성 네 놈의

모래성

하늘 끝처럼 시린 달빛을 등어리에 받으며

두 손으로

무너져 내리는 모래를 쓸어 올리다가 올리다가

손가락 사이사이로 새나가는
모래알들 속에서
억만년을 씻기지 않는 반짝임을 보는
아,
그 놀라움을 나는
덤으로 만져 보았다.

나의 인생보다도 소중한 덤을
이렇게 한 아름 안겨 주신
아,
그분의 말씀은 저절로 다 노래라서
그분께 내 마음을 아뢰려다가 나는
덤으로 노래를 익혔다.

진달래 꽃송이처럼 열린 가슴에
그분의 노래가 봄비처럼 내린다.

한씨 연대기

둘째며느리 성심이가

어제 딸을 낳았다

1986년 2월 17일

오후 네 시에

방배동에 있는 가야병원에서

난 오늘에야 시간을 낼 수 있어서

어머니를 모시고

아내와 같이 애기를 보러 갔다

애기를 보기 전에 나는

복에 겨운 듯 글썽이는 며느리를 보면서

어쩐지 나도 복에 겨웁다는 생각이 들었다

애기는 빠진 데 하나 없이 잘생겼다

아내는 이마가 증조할아버지를 닮아 시원하단다

증조할아버지를 닮았으면

이 할애비도 닮은 거지 뭐

애기와 산모를 위해서 할머니가 기도하시고

우리도 택시를 타고 신촌으로 향했다

막내아들 성근이가 주연하는 한씨 연대기를 다시 보려고

연극을 보기 전에 우리는 함흥냉면옥에서

양심수 가족들의 모임 갈릴리교회

몇몇 분과 같이 저녁을 먹고

맞은편에 있는 극장으로 갔다

우리는 모두 울었다

마지막 장면에서 틈틈이 끼어드는

한영덕의 딸의 말

가을바람에 뚝뚝 떨어지는 낙엽같이 싸늘하여

섬뜩섬뜩 가슴에 와닿는 비수 같았다

한씨 연대기라는 시가 써질 것 같았다

집에 돌아와 원고지를 꺼내 놓고

눈을 감았더니,

6·25 때 서울 동자동에서

미 공군기의 폭격을 받아 남편과

아이들과 같이 일가가 몰살당한

외사촌 영숙이 누님 생각이 치밀면서

성근이가 아니라 내가

한영덕이 된 것 같은 착각에 빠진다

기다림

아들아

눈 감고 기다려라

비닐 창밖으로 주르륵주르륵 빗소리 나며

죽은 하늘

희뿌연 아침이면

두 손 모아 합장하고 서서

눈 감고 기다려라

청진 원산 속초 울진 앞바다에 피를 토하며

모래불을 어루만지는 나의 마음

네 마음에 화끈 솟아나리라

높은 산 깊은 골 핏자죽을 찍으며 더듬어 오르다가

설악산 등성이에 쭉 뻗어 버린 너의 기다림이

눈시울을 적시며 두만강 가를 서성이는

네 형 문석이의 터지는 가슴으로

불끈 솟아나리라

아들아

온 세상이 이리 구중중한 아침이면

네 염통 쿵쿵 울리는 소리 들으며

눈 감고 기다려라

모든 걸 버리고 기다려라

모든 걸 믿으며 모든 걸 사랑하며 기다려라

조각달의 고독

식구들이 다 교회로 가고 난

일요일 오전 열한 시의 뜨락은

가없는 푸른 하늘이 스민

조각달의 흰 고독으로

넘실거린다.

버드나무 이파리 하나 움직이지 않더니

하늘하늘 춤추며

난데없이 날아든 흰나비

날개에서

가는 바람이 일어

살랑살랑 흔들리는

풀이파리 꽃이파리 나무이파리들엔

37년 전 만주 땅에 묻힌 증조모의

푸르름한 주름살들이 아련히 돋아난다.

열여섯에 홀로 나

여든셋이 되기까지

옷깃을 여미고

말없이 살다 가신 증조모

그 주름진 이마를 스친 실바람 속에서

조각달이

불쑥 얼굴을 내민다.

뚜벅뚜벅

울려오는 웬 발자국 소리에

흰나비는 아무렇지도 않은 듯 날아가고

발자국 소리를 따라 들어오던

흰 고독이

증조모의 주름진 얼굴을 반긴다.

구두닦이 소년

어린 눈은

흐려지기 서러워라.

살랑대는

코스모스 꽃잎이 간지러워 죽겠는

푸른 하늘이 보고파

남의 구두코를

자꾸만 문지른다.

수줍은 사랑의 고백

황금빛 노을을 속에 지니고
두둥실 떠온 하얀 솜구름이 반가워
삼각산 인수봉 우중충한 바위는
오늘도 수줍은 사랑을 고백한다.

천만년을 어울려 왔으면서도
이제 금세라도 만난 듯
뜨거운 지열을 속에 지니고
오늘도 수줍은 사랑을 고백한다.

잠

돌이

소리칠 때도 되었건만,

깜깜한 길가에서

밤새 가위에 눌려 식은땀만 흘리더니

다사론 햇살이 땀을 닦아 주자 금시

긴긴 밤 설친 잠에 빠진다.

개나리 진달래 벙그는 소리에

봄바람이야 현기증을 일으키건 말건

꽃가루 휘날리며

다섯 살바기 순이의 부황 뜬 얼굴을 스치다가

회리바람이야 일건 말건

꽃가루 회리바람에 역정 난 하늘

불빛 가슴을 찢으며 폭우야 쏟건 말건

바위를 깨는 파도 소리

하늘보다 푸른 바다는

너무 멀어……

성수, 영금에게 주는 사랑의 노래

까치가 해바라기씨를 물어다 주거든

두 손으로 고이 받아

너희 마음같이 정갈한 뜨락에 심어라.

젖빛 오른 애기 손가락 같은

움이 돋거든 아침마다

물기 젖은 미소로 먼지를 씻어 주며

희망처럼 자라는 모습 지켜 보아라.

어느새 꺼끌꺼끌

너희 서툰 인생처럼 줄기가 뻗거든

허리를 지나 어깨 너머 머리 위로

하늘로 머리를 쳐들거든 너희도

동터 오는 아침 해를 쳐다보며

찬란한 황금 꽃을 미리 피워 보아라

하늘같이 푸른 너희 가슴에

아침마다 떠오르는 해를 활짝 반기고

저녁마다 지는 해를 아쉬운 듯 보내며 내일을 믿고

그러면서 피어나던 영원히 숫된 그 둥근 얼굴

갑자기 너무 무거워 푹 수그린 채 이젠

제 속에서 빛나는 해만 바라보다가

저도 모르는 새 알알이 영그는 열매들,

아아, 너무도 곱게 줄줄이 박힌

태양의 씨앗들

이젠 너희가 맛있게 까먹으면서

날마다 해바라기 웃음을 흩날릴 차례다

빛나는 아침 멧새들이 흰 눈 위를 사뿐사뿐 걸어와

고 작은 부리로 너희 집 부엌문을 똑똑 두드리거든

그 고소한 해바라기씨를 뿌려 주며

즐거운 무도회를 열어 주어라.

2부

하루는

눈물겨운 한 친구의 따뜻한 손길이 내 옆구리 살갗 속에서 만져졌습니다. 나는 그 따뜻한 손을 차마 잡지는 못하고 나의 차가운 손을 그 위에 얹고 눈물 지으며 속삭여 주었습니다.

'친구, 자네는 날 맞으러 올 것까진 없네. 나의 원고지 마지막 칸을 메우는 날 나는 내 발로 걸어갈 테니까. 그때 자넨 거기서 날 맞으면 되는 거야. 그때 자네 거기서 그 따뜻한 손으로 내 차가운 손을 녹여 주게나!'

원고지 새 칸에 한 방울 눈물이 떨어져 글씨를 쓸 수 없었습니다. 그 눈물방울이 내 눈에서 떨어진 것인지, 나를 두고 발소리를 죽이며 떠나간 그 눈물겨운 친구의 눈물인지 나는 모르겠습니다.

동주야

너는 스물아홉에 영원이 되고

나는 어느새 일흔 고개에 올라섰구나

너는 분명 나보다 여섯 달 먼저 났지만

나한텐 아직도 새파란 젊은이다

너의 영원한 젊음 앞에서

이렇게 구질구질 늙어 가는 게 억울하지 않느냐고

그냥 오기로 억울하긴 뭐가 억울해 할 수야 있다만

네가 나와 같이 늙어 가지 않는다는 게

여간만 다행이 아니구나

너마저 늙어 간다면 이 땅의 꽃잎들

누굴 쳐다보며 젊음을 불사르겠니

김상진 박래전만이 아니다

너의 「서시」를 뇌까리며

민족의 제단에 몸을 바치는 젊은이들은

후쿠오카 형무소

너를 통째로 집어삼킨 어둠

네 살 속에서 흐느끼며 빠져나간 꿈들

온몸 짓뭉개지던 노래들

화장터의 연기로 사라져 버린 줄 알았던

너의 피묻은 가락들

이제 하나둘 젊은 시인들의 안테나에 잡히고 있다

그 앞에서 「하늘과 바람과 별과 시」가 습작기 작품이 된단들

그게 어떻단 말이냐

넌 영원한 젊음으로 우리의 핏줄 속에 살아 있으면 되는 거
니까

예수보다도 더 젊은 영원으로

동주야

난 결코 널 형이라고 부르지 않을 것이니

인숙아

나는 70년대에 사내라는 게 그리도 부끄러웠다

동일방직 쪼깐이들의 아우성을 들으며

걔들에게 똥을 퍼먹이는 것이 사내들이었거든

회사마다 여자들은 정의를 외치는데

사내라는 것들은 기업주들의 앞잡이였거든

드디어 사내들도 노동운동에 뛰어드는 걸 보며

가까스로 사내라는 부끄러움을 씻어 내고 있었는데

나는 오늘 네 사진을 보면서

사내라는 게 또 부끄러워지는구나

이 얼굴에 침을 뱉어라

난 뒤로 물러설 자리가 없어요

　나는 어제저녁 정말 무서운 사람을 만났습니다 어려서 할아
버지에게서 이야기를 듣던 에비 장군보다도 무서운 사람이었
습니다 을사년 흉년 때 어머니의 외할머니를 물어 간 백두산
호랑이보다도 무서운 사람이었습니다

　그러나 그는 남자가 아니었습니다 눈물 많은 여자였습니다
어린애가 둘이나 딸린 젊은 여자였습니다 남편은 유리 조박에
다리가 찢겨 기부스라는 걸 한 채 병원에서 까막소라는 데 끌
려가 있답니다

　날마다 공장이라는 데 나가 일을 해야 하는 몸이라서 아이
하나는 친정에 보냈고 하나는 시댁에 맡겨 놓았답니다 이 여인
은 돌아갈 집마저 박살 나 버린 셈입니다 밤이면 돌아가서 썰
렁한 방에서 쿨쩍쿨쩍 눈물을 손등으로 닦으며 잠드는 곳을 집
이라고 할 수야 없지요

난 뒤로 물러설 자리가 없어요

그 여자는 별로 악을 쓰지도 않고 이 말을 했습니다 그렇다
고 누구에게 호소하는 투도 아니었습니다 차라리 껌껌한 동굴
에서 울려 나오는 소리 같았습니다 약간 몸서리가 쳐지는 소리
였습니다

그 여자는 오늘도 내일도 공장에 가서 백안시당하면서 일을
해야 합니다 시댁에 맡겨 둔 두 살바기 생각을 해서도 안 됩니
다 친정에 갖다 둔 다섯 살짜리 장난꾸러기 생각을 해서도 안
됩니다

기부스가 얼어 들어오면 얼마나 추울까

혼자선 변소 출입도 못 할 텐데

이런 생각도 해서는 안 됩니다

그런 생각을 하다가는 눈 깜빡할 사이에 손이 짤려 나갈지
도 모르니까요

이렇게 그 여자는 반 발자욱도 뒤로 물러설 수가 없습니다
아니 반의 반의 반 발자욱도 뒤로 물러설 자리도 틈도 세상은
그 여자에게 주지 않습니다

반의 반의 반의 반 발자욱이라도 물러서는 순간 그 여자의 앞에 맞서 있는 열 키도 넘는 절벽이 무너지겠기 때문입니다 그리 되면 순이도 진이도 애기 아빠도 무너지는 절벽에 묻히고 맙니다

그 절벽이 가슴에 섬찟 와닿는 칼날이었으면 얼마나 좋겠습니까 칼끝이 가슴을 파고들어도 한 걸음이나마 앞으로 내디딜 수 있을 테니까요 앞으로 꼬꾸라지며 피를 쏟고 죽을 수라도 있을 테니까요

그 절벽이 한 백 리쯤 뻗어 있는 가시밭이었으면 얼마나 좋겠습니까 온몸이 찢겨 피투성이가 되면서도 여나믄 자쯤이야 헤치고 나가다가 쓰러질 수라도 있을 테니까요

그 절벽이 불길이라면 얼마나 신나겠습니까 그 불길에 몸을 던져 순이를 부르며 진이를 부르며 훨훨 타오를 수라도 있을 테니까요

그 여자는 반 발자욱도 내디딜 자리가 없습니다 그래도 그런 말은 하지 않았습니다 다만 뒤로 물러설 자리가 없다고 했을 뿐입니다

밥알들의 양심

땅의 양심은 밥알입니다

속살도 하얀 밥알들입니다

입 안에서 이리 밀리고 저리 밀리며

자근자근 철저하게 씹히는 밥알들입니다

툭툭 터지는 무지렁이들의 살점입니다 핏덩어리입니다

혓바닥 콕콕 찌르는 아픔입니다

그러나 목구멍만은 달큰한 맛으로 넘어갈 줄 아는

그윽한 마음입니다

살 속 뼛속으로 스며들며

머리카락 눈썹 손톱 발톱 키워 가는 생명입니다

높푸른 하늘 받아들이는

두 맑은 눈망울입니다

바람 소리 새소리에 울리는 고막입니다

흙을 만지고 풀잎을 어루만지는

갓난애기 손가락 만지작거리는

보드라운 촉각입니다

그것은 한숨이기도 합니다

땅 꺼지는 한숨이기도 합니다

밭고랑처럼 주름진 얼굴입니다

나무토막 같은 손입니다

구부러진 허리입니다

배고프다고 칭얼대는 아이들의

굶주린 창자입니다

서른이 넘도록 노총각 신세를 면하지 못하면서도

농토를 지키는 농군들의 고달픈 삭신입니다

자식을 굶기면서까지 키우던 소

배를 찌르고 농약을 먹고 죽은 농부의 한입니다

성난 하늘

땅과 바다 우릉우릉 울리며 내리꽂는

불칼의 번뜩임입니다

치솟는 불길

공순이들의 사랑 희망 믿은 전태일입니다

잠자는 우리의 가슴 때도 없이 두들겨 대는

김상진 김경숙 김종태 김의기 김태훈 황정하 박종만 송광영

이재호 김세진 이동수의 주먹입니다

붉은 피 철철 흐르는 사랑입니다

역사의 힘줄입니다

모든 갈라진 것 눈물겹게 하나로

묶는 양심은 밥알입니다

농부들의 피눈물입니다

전태일

한국의 하늘아

네 이름은 무엇이냐

내 이름은 전태일이다

한국의 산악들아 강들아 들판들아 마을들아

한국의 소나무야 자작나무야 칡덩굴아 머루야 다래야

한국의 뻐꾸기야 까마귀야 비둘기야 까치야 참새야

한국의 다람쥐야 토끼야 노루야 호랑이야 곰아

너희의 이름은 무엇이냐

우리의 이름은 전태일이다

백두에서 한라에서 불어오다가

휴전선에서 만나 부둥켜안고 뒹구는

마파람아 높파람아

동해에서 서해에서 마주 불어오다가

태백산 줄기에서 만나 목놓아 우는

하늬바람아 샛바람아

너희의 이름은 무엇이냐

우리의 이름이라고 뭐 다르겠느냐

우리의 이름도 전태일이다

깊은 땅속에서 슬픔처럼 솟아오르는

물방울들아

너희의 이름은 무엇이냐

우리의 이름이라고 물어야 알겠느냐

한국 땅에서 솟아나는 물방울치고

전태일 아닌 것이 있겠느냐

가을만 되면 말라

아궁에도 못 들어갈 줄 알면서도

봄만 되면 희망처럼 눈물겨웁게 돋아나는

이 땅의 풀이파리들아

너희의 이름도 전태일이더냐

그야 물으나마나 전태일이다

청계천 피복공장에서 죽음과 맞서 싸우는

미싱사들 시다들의 숨소리들아

너희의 이름이야 물론 전태일일 테지

여부가 있나

우리가 전태일이 아니면

누가 전태일이겠느냐

어찌 우리의 숨결뿐이겠느냐

우리의 맥박도 야위어 병들어 가는 살갗도

허파도 염통도 발바닥의 무좀도

햇빛 하나 안 드는 이 방도

천장도 벽도 마루도

삐걱거리는 층계도

똥오줌이 넘쳐 냄새나는 변소도

미싱도 가위도 자도 바늘도 실도

바늘에 찔려 피 나는 손가락도

아, 깜깜한 절망도

그 절망에서 솟구치는 불길도

그 불길에서 쏟아지는 눈물도

그 눈물의 아우성 소리도

무엇 하나 전태일 아닌 것이 없다

전태일이 아닐 때

우리는 배신이다 죽음이다

우리는 살아도 전태일 죽어도 전태일이다

빛고을에 때아닌 총성이 요란하던 날

학생들 손에서 총을 빼앗아 들고 싸우다가

전사한 양아치들아

너희들도 당당한 전태일이었구나

먹을 것 마실 것 있는 대로 다 내다가

아낌없이 나누어 주면서

새신랑 맞는 처녀의 가슴으로

떨리기만 하던 티상(창녀)들아

너희들도 청순하고 자랑스런 전태일이었구나

전태일 아닌 것들아

다들 물러가거라

눈물 아닌 것 아픔 아닌 것 절망 아닌 것

모든 허접쓰레기들아 모든 거짓들아

당장 물러들 가거라

온 강산이 한바탕 큰 울음 터뜨리게

이소선 여사의 절규

일천만 노동자의 어머니

이소선 여사는 이렇게 말씀하셨어

노동자도 인간이다

인간답게 살아 보자

이제 우린 이 말을 입 밖에 내선 안 돼요

남이야 굶어죽든 말든

옆에 소화제를 준비해 놓고 닭다리를 뜯는 게

인간답게 사는 건가

아니지

그건 사람이 아니고 돼지야

땀 흘려 일한 보람으로 살아가는

너희 노동자들이 인간답게 사는 거야

알았어

그는 태일의 넋에 지펴

외치고 있었던 겁니다

추억의 커피잔

1939년 9월 어느 날이었습니다.

산모퉁이를 돌아
논가 외딴 우물 속에는
달이 밝고 구름이 흐르고
하늘이 펼치고 파아란 바람이 불고
가을이 있고

거기에는
스물두 살 난 윤동주의
8센티나 되는 시원한 이마가
달처럼 나타났다가
바람에 불려 갔습니다.

1971년 9월 어느 날이었습니다.

머리가 희끗희끗한

쉰이 넘은 한 사나이가

그의 시원한 이마가 보고 싶어

이조 백자처럼 희지 못해 한스러운

커피잔 속을

물끄러미 들여다봅니다.

그 커피잔 속에는

달도 구름도 하늘도 파아란 바람도 가을도 없었습니다

8센티나 되는 주름진 다른 이마가

그저 씁쓸하니

추억처럼 흔들리고 있었습니다.

발바닥으로나 살거나

유리창에 서리는 입김이야

손바닥으로 지우며

발바닥으로나 살거나

사랑하는 사람의 입술 자죽이야

손바닥으로 지우며

발바닥으로나 살거나

흐려 가는 눈길로 흰 벽에 새긴 서러운 말들이야

손바닥으로 지우며

발바닥으로나 살거나

땅 밟는 일 말고는 별 볼일 없는

기쁘거나 슬프거나 이렇다 내색도 않는

한평생 빛 한번 못 보아도 그만

고맙다는 말 한번 못 들어도 그만

물집이 생겨 툭툭 터져도 그만

퀴퀴한 냄새도 그만

노여운 일이라도 있으면

애매한 땅이나 쾅쾅 밟을 뿐인

흙에 닿아야 사는 것 같고

그 마음 땅에만은 전해질 걸 믿으며

터벅터벅 옮기고 또 옮기는

아아 발바닥의 인정으로나 살거나

벗들이여 밤도 깊었는데

말 못하는 발바닥이나 대고

잠을 청하지 않으려나

꿈을 청하지 않으려나

정철이

전주교도소 10방에 있는

정철이는 천사

다섯 살에 뇌염으로 뇌 한구석이 무너져

하루가 멀다 하고 경련을 일으키는

정철이는 뱀잡이 명수

뱀술을 고아 판 돈으로 의지 없는 노인들을 보살피는 걸 천
직으로 삼고 살아가는 젊은이 정철이

노인들에게 리어카를 사주어 사과랑 배랑 감이랑 받아다 팔
아 살아가게 해주었는데

노점 단속반이 리어카를 뒤엎고 끌어 가는 걸 보다 못해 달
겨들어 주먹을 휘둘렀다가

공무집행방해죄로 징역을 살고 있어

도합 30년 감방살이 하는 전과 18범 1방의 오줌 술술 싸는
노인의

담요를 도맡아 빨아 주는 정철이

좀 잘 먹으면 발작이 훨씬 줄어요

그 말을 듣고 게므론을 사서 주었더니

오줌싸개 노인과 나누어 먹고 있었어

그 마음 너무 고와라

신부의 가슴에 안긴 백합 송이보다

백 배나 눈이 부셔라

내가 바라는 세상

내가 바라는 세상이 어떤

세상인고 하면 별로 대단한 게 아니여

집집마다 자동차 한 대도 아니고

아버지 엄마 따로따로 아들 딸 따로따로 굴리는 그런

소위 선진국 세상 말하는 게 아니여

여름 휴가는 알프스에서 겨울 휴가는 리비에라에서

뭐 그런 거창한 게 아니여

내가 바라는 세상은 말이여

대천에서 썰물이 슬슬 빠지듯 감옥에서

사람이 하나둘 슬슬 빠져 나가고

되돌아오는 사람이 줄어드는 세상 말이여

대통령 취임식이라고 떠들썩하며 한 천 명 사면으로 나가고는

일 년 안에 한 삼천 명쯤 더 들어오는 그런 세상 아니여

그건 정말 몹쓸 세상이여

꿈같은 이야기지만 말이여

감옥에 죄수가 없을 때는

한 달이고 두 달이고 백기를 올리는 나라도 있다지만

우리야 어디 그까지 바랄 수야 없지 아직은

우리 백성이 뭐 마음들이 나빠서 못 바라는 거야 아니지

나라 살림을 한다는 사람들이 문제여

그 사람들이 생각하고 하는 일이라는 게

어떻게 하면 사람을 더 많이 감옥에 보내나

어떻게 감옥을 한 군데라도 더 짓냐는 거거든

그저 욕심이 없어야 히여

고양이에게 생선 안 맡겨야 히여

고놈의 고양이도 몽둥이로 쫓아 버리고

골고루 나누어 먹는 세상이 돼야 히여

그런데도 감옥으로 가는 놈이야 환장한 놈이니

하는 수 없제

아 내 손자가,

아니면 내 손자의 친구가

서울구치소 소장이 되어 재직 중 꼭 한 번만이라도

백기를 올리는 세상이 되었으면

더 바랄 게 없겠구만

말이여

장준하

당신을 묻으며 나는

당신의 대타로 나서기로 마음을 먹었다오

높아만 가는 저 담장 너머로

당신의 눈 같은 마음

홈런으로 날리려고

그동안

아 14년 동안

많은 일이 일어났다오

당신을 죽인 사람은 궁정동에서 더럽게 죽어 갔다오 그러나

그의 양아들이라는 번대머리는

빛고을을 피바다로 만들고는

기고만장해서 그 자리를 이었지요

저울에 달면 한 금도 기울지 않을

내외는 똥집도 크더군요

속탈도 안 나고 잘도 집어먹더군요

지금은 어느 절간에 들어가서

새김질을 열심히 하고 있지요

이 세상이 좋아서 절대로 열반에는 안 들겠다는군요

지금은 6공이라지만 모두

5.5공이라고들 하지요

당신은 7·4에 머리가 돌아

모든 통일은 좋은가 그렇다 모든 통일은 좋다며

김구 선생님 뒤를 따르다가 갔지만

나는 7·7에 머리가 돈 건 아니지만

젊은 학생 노동자들이 김구 선생 또 당신의 뒤를 따라

민족 제단에 희생 제물로 몸을 바치는 걸 보고만 있을 수 없어

몽상가니 미치광이니 돈키호테라는 말을 들으며 갔다 왔다오

학생 노동자 농민들이 내 손에서 당신의 바통을 빼앗아 휘

두르는데

뒤통수를 얻어맞고

정신없이 갔다 왔다오

나는 그 보고를 국민에게 드리려고 오늘 법정에 섰지요

이제 나도 김구 선생이나 당신이 앉아 계시는 응원석에 앉아 응원이나 해도 될 것 같군요 경기장에는 진짜 팔팔한 젊은 선수들이 들어섰으니까요

근태가 살던 방이란다

근태가 살던 방이란다

밤새 죽어 쓰러져 있다가도 아침만 되면

꿈틀꿈틀 일어나 앉아 눈을 빛내던 방이란다

인재근의 고운 얼굴 아른거리지 않았더라면

해파리처럼 풀어지고 말았을 몸

죽음을 깔아뭉개며 아침마다 되살아나던

근태의 방이란다

동댕이쳐진 신념 손톱 끝에만은 남아 있어

곤두박히는 나락을 쥐어뜯으며 기어오르던

서울구치소 병사 9호실

근태의 방이란다

1986년 5월 31일 토요일 근태를 이감시키고

그의 흔적을 지우려고 새로 말끔히 페인트칠을 했다지만

어쩌리오 창문 틀에 남아 있는 근태의 손톱 자죽을

철창에서 풍겨 오는 그의 입김을

철창 너머 푸른 하늘에서 웃음으로 다가오는 그의 두 눈을

눈만 감으면 나는

바람으로 풀어져 울며 울며 펄럭인다

근태가 휘두르던 깃발로

민중의 깃발로

이파리들의 노래

이파리가 되자

이파리가 되자

파아란 이파리들이 되자

꽁꽁 얼어붙었던 땅

푸른 물결로 꿈틀거리게 하는

갓 돋은 풀이파리들이 되자

사람들이 토해 내는 죽음 내음을

숨소리도 고르게 한껏 들이마시고는

맑고 신선한 생명의 푸른 향기

천지간에 넘실넘실 뿜어내는

풀이파리 나무이파리들이 되자

건넌마을 순이를 짝사랑하는

칠성이의 입술에서

서러운 사랑의 가락을 울려 주는

농부들의 피어린 땀방울들이 불볕에 익은 이삭들을

떠받들고 어쩔 줄 몰라 술렁거리는

할 일을 다 하고는

아무 미련도 없이 뚝뚝 떨어져 바람에 불려 가는

한 줌 검불로 가난한 아궁에 들어가 재가 되어

거름 더미에 나와 묻히는

이파리 이파리 이파리들 그 가운데서도

돌같이 굳은 땅을 기어코 뚫고 나오는

한국 잔디 이파리들

기다리던 화창한 봄이

산 넘어 언덕 넘어 넓은 벌판으로 달려온다고

봄소식을 미리 알리는

개나리 자다란 꽃봉오리 하나 마련하지 못하지마는

밤마다 달빛 별빛으로 닦은

구슬보다 맑은 이슬

이슬보다 빛나는 눈물 한 방울 가슴에 안고

새벽을 불러내는

오직 이파리뿐인

한국 잔디가 되자

양심이라고

양심이라고 뭐 대단한 게 아잉 기라

좋은 거 좋다고 하는 기 양심인 기라

누이 좋고 매부 좋은 거 그걸

좋다고 하는 기 양심 아이가

그렇다문사 올케 좋고 시누이 좋은 건

그기야 콧날이 쩡하는 양심 아이가

매사가 다 그렁 기라

사내 좋고 마누라 좋은 걸 좋다고 하는 거 그것도

우리 집 말뚝매양 든든한 양심 아이가

두말하면 잔소린 기라

백성 좋고 대통령 좋은 건 또 어떻고

정말 그렁 게 있을까 싶다만

그렁 게 있다면 그건 민주적인 양심이라고 할 게 아이가

88 올림픽 남북 단일팀을 만들고

서울 평양 왔다 갔다 하며

축구다 농구다 수영이다 육상이다

얼싸안고 목이 터지게

평양 이겨라 서울 이겨라가 아이라

우리 팀 이겨라

응원할 수 있다면 그거야

북쪽 사람도 좋고 남쪽 우리도 좋고

그럴 거 아이가

미치게 좋을 거 아이가

그런 걸 민족적 양심이라고 하는 거겠제

제기랄 그 양심 지금 어디 가서 지랄하고 있는 거지

성근아

한 울타리 안이지만
한 지붕 밑은 아니구나

열흘에 별 하나 달았으니
그런 땡이 없구나
그러나 별이란 본래 훈장과는 다르다
더 무거운 책임을 지워 주는 거니까

무슨 꿈을 꾸며 깨어났니
난 중국에 가서 되지 않는 중국말을 하느라고
진땀 빼는 꿈을 꾸다가 깨어났다

난 어젯밤 노동문학을 읽다가
한 노동자의 뒤통수를 함마처럼 내려친

졸리움에 함마처럼 뒤통수를 얻어맞았다

함마처럼 뒤통수를 내려치는 졸리움

상상할 수 있니

마지막 자유

사랑하고 애끼는

살붙이 피붙이 마음붙이들과

같이 뒹굴며 울고 웃는 자유를

나는 고스란히 내놓았소.

물론 내놓지 않을 수도 있었죠.

더 큰 자유만 포기했더라면

그것은 나의 마지막 자유

죽는 자유

목숨보다 소중한 것이 있어

한 줌 재도 안 남기고 타 버리는

불꽃의 자유

그 자유마저 내놓으라고?

바람아 불어라.

바람아 한껏 불어라.

나는 신바람 나게 춤을 추리라.

꺼질 듯 일어서며 쓰러질 듯 솟구치며

두둥 두둥 둥 두둥

신들린 무당처럼 미친 듯

춤을 추리라.

마지막 시

나는 죽는다

나는 이 겨레의 허기진 역사에 묻혀야 한다

두 동강 난 이 땅에 묻히기 전에

나의 스승은 죽어서 산다고 그러셨지

아,

그 말만 생각하자

그 말만 믿자 그리고

동주와 같이 별을 노래하면서

이 밤에도

죽음을 살자

당신의 양심

당신의 양심은

당신의 얼굴이어라

봄 여름 가을 겨울 힘든 계절

갈아들기 예순여덟 번

짧지 않은 세월

늘어만 가는 잔주름살들

어느 하나 양심 아닌 것 없어라

희끗희끗 서릿발 날리는

머리칼 한 올 한 올

어느 하나 양심 아닌 것 없어라

진주라 천릿길

허둥지둥 달려와서

접견실에 들어서는 조금은 성난 얼굴

내게는 그대로 하늘이어라 땅이어라

와락 안아 주고 싶은 반가움이어라

가슴 아픈 이야기를 나누며

떨려 오는 목소리 하며

나라 일 겨레 일 언짢은 이야기 나누며

거칠어지는 숨소리 하며

핏빛으로 터지는 꽃봉오리들이 보여

글썽이는 눈물 그 아픔 하며

어느 하나 사랑 아닌 것 없어라

삼월에 다시 올게요 하며

접견실을 나서는 해바라기 얼굴

정오의 어둠을 향해 걸어가는

단단한 발걸음이어라

일하는 사람들의 나라
-어느 노동자들의 모임에 보낸 격려사

우리는 일하는 사람들의 나라를 세우려고 몸부림이다

일해도 몸으로 손발로 일하는 사람들의 나라를 일으키는 것
이 우리의 꿈이다

놀고먹는 사람들이 지배하는 나라

몸으로 일하는 사람들을 천대하고 짓밟고 밀어내는 나라는
저주를 받아라

그러나 우리는 이 나라가 저주받기를 원치 않는다

이 나라가 아무리 손발 놀려 땀 흘리는 사람들 천대하는 나
라라고 해도

이것은 우리의 조국이기 때문에

그래서 우리는 꿈을 버리지 못한다

이 나라가 몸으로 일하는 사람들의 나라가 되는 꿈을

이 나라가 저주를 받는 것이 아니라

하늘과 땅의 축복으로

해와 달과 별의 축복으로

비와 눈과 바람과 이슬의 축복으로

아니 몸으로 노동하는 이들의 온몸에서 흐르는 땀의 축복
으로

자유와 평등 정의와 평화를 누리는 나라

노래와 춤의 나라

모든 담장 무너지고 모두들 이웃사촌으로 허물어지는 나라
가 되는 꿈을 우리는 버리지 못한다

최고의 가치가 물방울 다이아몬드가 아니라

노동인 나라의 꿈

종교도 도덕도 철학도 무슨 무슨 주의도

과학도 정치도 예술도 모두

노동의 깃발 아래 모여 하나인 나라의 꿈

겨레 사랑을 말로 하지 않고

얼싸안고 비벼 대는 몸으로 하는

온몸으로 노래하는 나라

앞산 뒷산의 바위들과 함께 우직하게

풀이파리들의 이슬방울들과 함께 맑게 맑게

사랑을 노래하는 나라의 꿈을 버리면

우리는 없다

뼛속까지 흙내음이 배어 있는 농사꾼들이여

핏줄 속까지 기름 냄새가 배어 있는 공장 노동자들이여

시커먼 석탄가루로 숨이 막혀 가슴을 앓는 광부들이여

밀어젖히라

청와대의 그 누구누구뿐이겠느냐

장 자리만 돌아가며 차지하는 이 문익환이도

홍제동 본당 신부 김승훈이도

밀어젖히라

그리고 밟고 넘어가라

그대들의 진군 앞에서 혼란의 절벽 무너지고

통일 조국의 문이 열린다

그대들의 발바닥에서 새 시대의 아침이 동터 온다

3부

잠꼬대 아닌 잠꼬대

난 올해 안으로 평양으로 갈 거야
기어코 가고 말 거야 이건
잠꼬대가 아니라고 농담이 아니라고
이건 진담이라고

누가 시인이 아니랄까 봐서
터무니없는 상상력을 또 펼치는 거야
천만에 그게 아니라구 나는
이 1989년이 가기 전에 진짜 갈 거라고
가기로 결심했다구
시작이 반이라는 속담 있지 않아
모란봉에 올라 대동강 흐르는 물에
가슴 적실 생각을 해보라고
거리거리를 거닐면서 오가는 사람 손을 잡고

손바닥 온기로 회포를 푸는 거지

얼어붙었던 마음 풀어 버리는 거지

난 그들을 괴뢰라고 부르지 않을 거야

그렇다고 인민이라고 부를 생각도 없어

동무라는 좋은 우리말 있지 않아

동무라고 부르면서 열 살 스무 살 때로

돌아가는 거지

아 얼마나 좋을까

그땐 일본 제국주의 사슬에서 벗어나려고

이천만이 한마음이었거든

한마음

그래 그 한마음으로

우리 선조들은 당나라 백만 대군을 물리쳤잖아

아 그 한마음으로

칠천만이 한겨레라는 걸 확인할 참이라고

오가는 눈길에서 화끈하는 숨결에서 말이야

아마도 서로 부둥켜안고 평양 거리를 뒹굴겠지

사십사 년이나 억울하게도 서로 눈을 흘기며

부끄럽게도 부끄럽게도 서로 찔러 죽이면서

괴뢰니 주구니 하며 원수가 되어 대립하던

사상이니 이념이니 제도니 하던 신주단지들을

부수어 버리면서 말이야

뱃속 편한 소리 하고 있구만

누가 자넬 평양에 가게 한대

국가보안법이 아직도 시퍼렇게 살아 있다구

객쩍은 소리 하지 말라구

난 지금 역사 이야기를 하고 있는 거야

역사를 말하는 게 아니라 산다는 것 말이야

된다는 일 하라는 일을 순순히 하고는

충성을 맹세하고 목을 내대고 수행하고는

훈장이나 타는 일인 줄 아는가

아니라고 그게 아니라구

역사를 산다는 건 말이야

밤을 낮으로 낮을 밤으로 뒤바꾸는 일이라구

하늘을 땅으로 땅을 하늘로 뒤엎는 일이라구

맨발로 바위를 걷어차 무너뜨리고

그 속에 묻히는 일이라고

넋만은 살아 자유의 깃발로 드높이

나부끼는 일이라고

벽을 문이라고 지르고 나가야 하는

이 땅에서 오늘 역사를 산다는 건 말이야

온몸으로 분단을 거부하는 일이라고

휴전선은 없다고 소리치는 일이라고

서울역이나 부산, 광주역에 가서

평양 가는 기차표를 내놓으라고

주장하는 일이라고

이 양반 머리가 좀 돌았구만

그래 난 머리가 돌았다 돌아도 한참 돌았다

머리가 돌지 않고 역사를 사는 일이

있다고 생각하나

이 머리가 말짱한 것들아

평양 가는 표를 팔지 않겠음 그만두라고

난 걸어서라도 갈 테니까

임진강을 헤엄쳐서라도 갈 테니까

그러다가 총에라도 맞아 죽는 날이면

그야 하는 수 없지

구름처럼 바람처럼 넋으로 가는 거지

독백

언젠가 가오리에 내려
집으로 돌아가다가 만났던 소나기를
꼼짝도 않고 의젓이 맞고 있구나
곱게 회칠한 높은 담이
그 밖으로 뻗은 저 황톳길도
그 위를 달리는 버스도

정말 세상에는 버스라는 게 있었지
저걸 타면 전주 시내로 들어갈 테지
거기서 고속버스를 바꿔 타면
광주도 가고, 대구, 부산 그리고
서울로도 가겠지
하동관 곰탕은 지금도 3백 원 할까?

재수가 좋아서

여권이라도 얻어 비행기를 타면

뉴욕도 뉴델리도 파리로도 갈 수 있을 테지

그런데 중학교 동창생들이 아직도 있을 텐데

평양엔 못 간다 이거지

옆자리에 앉은 젊은 애기 엄마한테

비가 오니 땀이 확 드죠 하면

뭐라고 응대해 올까?

싱거운 사람 다 보겠네 하며

싸늘한 눈길을 창밖으로 홱 돌릴 건가?

이대로 며칠 더 와야 쓰겠어라우 하며

사뭇 심각한 얼굴로

애기 볼이라도 쓰다듬을 건가?

어느새 버스는 사라지고

흙탕물을 튕기며 택시가 한 대

달려오고 있다

한 20년 살고 나가는 사람

맞으러 오는 가족들의 행차라면

얼마나 좋을까?

찢긴 마음

　몸만 남기고 훌쩍 떠나 버리신 아버님의 훈훈한 마음 만나 볼이라도 비비고 싶은 마음 까치가 되어 까까 날아간다 의정부 지나 소요산 중턱 아버님의 작은 무덤 위에 앉아 잠깐 숨을 돌리고 한탄강 건너 철원 지나 휴전선 철조망 위에 앉아 까까까 불렀더니 발바닥 밑에서

　이게 누구 목소리지

　닉환의 목소리 아니니

하는 소리가 나지 않겠어 그래서 발밑을 굽어보았더니 아무것도 보이는 게 없더군 당연한 이야기지 마음이 보일 리 없는 거니까 비록 보이진 않아도 아버님의 마음이 거기 있는 걸 안 다음에야 그대로 있을 수 없는 거 아니겠어 그래서 땅에 내려앉아 그 마음에 닿아나 보려고 했거든 두리번거리는데

　여기야 여기

하는 소리가 이번엔 위에서 나지 않겠어 그 소리에 눈을 쳐들

어 보았더니 아아아아아 아버님의 마음 찢어진 걸레처럼 철조
망에 여기 한 점 저기 한 점 걸려 펄럭이고 있지 않겠어 온통 피
투성이가 되어

까까까

아버님의 마음 이리도 처참하게 찢어져 피투성이로 펄럭이
고 있네요

그래 그렇단다

하면서 아버님의 찢어진 마음 조박들 철조망에서 훌훌 떨어져
내려와 모이더니 생전의 아버지로 바위처럼 앉아 계시는 게 아
니겠어

마음도 피가 있네요

나도 그럴 줄 몰랐다 피는 마음에 있던 거야

마음은 피에 있었던 거구요

아니 피가 마음인 거다

마음이 피인 거고

전 아버님의 마음 청진에 가서 문환이를 만나고 회령에 가
서 문석이 형님을 만나고 지금쯤은 용정에 가 계시는 줄 알았
는데

철조망을 소리 없이 빠져 원산에 가서 네 삼촌 무덤을 찾아
한참 숨을 돌리다가……

이 원수의 철조망을 거두어 버리고 싶어 되돌아오신 거군요

그래 맞다

그런데 그게 안 되는구나 난 지금 마음뿐이니까

아버지 북쪽에 가서 사람들을 몰고 오세요 몸으로 숨쉬는
마음들을

전 남쪽에 가서 사람들을 몰고 올라올게요

아버님의 목을 안고 볼을 비벼 보고 까까까 날개를 치다가
눈을 뜨니 여기는 서대문구 현저동 101번지 병사 9호실

창밖의 가시 쇠줄에 까치 한 마리 앉아 까까까 울고 있었어

꿈을 비는 마음

개똥 같은 내일이야
꿈 아닌들 안 오리오마는
조개 속 보드라운 살 바늘에 찔린 듯한
상처에서 저도 몰래 남도 몰래 자라는
진주 같은 꿈으로 잉태된 내일이야
꿈 아니곤 오는 법이 없다네

그러나 벗들이여!
보름달이 뜨거든 정화수 한 대접 떠놓고
진주 같은 꿈 한자리 점지해 줍시사고
천지신명께 빌지 않으려나!

벗들이여!
이런 꿈은 어떻겠소?

155마일 휴전선을

해 뜨는 동해 바다 쪽으로 거슬러 오르다가 오르다가

푸른 바다가 굽어보이는 산정에 다다라

국군의 피로 뒤범벅이 되었던 북녘 땅 한 삽

공산군의 살이 썩은 남녘 땅 한 삽씩 떠서

합장을 지내는 꿈,

그 무덤은 우리 5천만 겨레의 순례지가 되겠지

그 앞에서 눈물을 글썽이다 보면

사팔뜨기가 된 우리의 눈들이 제대로 돌아

산이 산으로, 내가 내로, 하늘이 하늘로,

나무가 나무로, 새가 새로, 짐승이 짐승으로,

사람이 사람으로 제대로 보이는

어처구니없는 꿈 말이외다

그도 아니면

이런 꿈은 어떻겠소?

철들고 셈들었다는 것들은 다 죽고

동남동녀들만 남았다가

쌍쌍이 그 앞에 가서 화촉을 올리고

—그렇지 거기는 박달나무가 서 있어야죠—

그 박달나무 아래서 뜨겁게들 사랑하는 꿈, 그러고는

동해 바다에서 치솟는 용이 품에 와서 안기는 태몽을 얻어

딸을 낳고

아침 햇살을 타고 날아오는

황금빛 수리에 덮치는 꿈을 꾸고

아들을 낳는

어처구니없는 꿈 말이외다

그도 아니면

이런 꿈은 어떻겠소?

그 무덤 앞에서 샘이 솟아

서해 바다로 서해 바다로 흐르면서

휴전선 원시림이

압록강 두만강을 넘어 만주로 펼쳐지고

한려수도를 건너뛰어 제주도까지 뻗는 꿈,

그리고 우리 모두

짐승이 되어 산과 들을 뛰노는 꿈,

새가 되어 신나게 하늘을 나는 꿈,

물고기가 되어 펄떡펄떡 뛰며 강과 바다를 누비는

어처구니없는 꿈 말이외다

"비나이다 비나이다

천지신명님 비나이다

밝고 싱싱한 꿈 한자리,

부디부디 점지해 주사이다"

너는 무엇이냐

너는 무엇이냐

무심히 삼키던 밥덩어리 콧날 찡하며

목메이게 하는 너는

무심히 길을 가다가 문득 저녁노을 쳐다보며

발을 멈추게 하는 너는

코를 골며 세상 없이 깊은 잠에 떨어졌을 때

꿈자락을 들추고 들어와 몸에 감기는 너는

창살에 와 부서지는 별빛들의 속삭임에

잠 못 이루게 하는 너는

해당화 피어 있는 명사십리 모래톱에 밀려와 하얗게

부서지는 아침 핏빛 바다로

온 산천 통곡하게 하는 너는

아침 먹고 책가방 들고 학교로 가는

손주 녀석 뒤통수를 바라보던 주름진 눈길

남녘 하늘에도 북녘 하늘에도 서러워

눈물 짓게 하는 너는

대체 우리에게 무엇이냐

너는 끝끝내 우리에게 웃음일 수가 없는 거냐

두 하늘 한 하늘

몸이 없어 서러운

마음뿐인

아버지

철철 피를 흘리며

갈기갈기 찢어진

마음 조박들

휴전선 철조망을 부여잡고

흔들어 대면서 밤새

찬비를 맞고 계셨겠네요

이제 비도 멎고 아침 햇살 쫙 퍼졌는데

바람만은 싸늘하군요

이쪽에서 부는 바람에 저쪽으로 나부끼며 쳐다보는

남녘 하늘

저쪽에서 부는 바람에 이쪽으로 나부끼며 쳐다보는

북녘 하늘

그 두 하늘이 다르기라도 한가요

무슨 소리냐

그 하늘이 그 하늘이지

내 왼쪽 눈에서 왈칵 쏟아지는

남녘 하늘

내 오른쪽 눈에서 왈칵 쏟아지는

북녘 하늘

가시 쇠줄로 찢어진 하늘

아프고 쓰리기로 말하면

그 하늘이

그 하늘이다

어머님의 양심

이날이 되면

창필이 경무대 앞에서 가슴에 총 맞고 쓰러진

이날이 되면

어머님은 염통이 아프다고 하셨죠

구십삼 년 버텨 온 눈물겨운 염통

칼끝으로 콕콕 쑤시듯 아프다만

나무토막같이 말라 버린 이 가슴이라도 버텨야지

별수 있니

통일꾼의 노래 1

1985년 설날

예순일곱이 되는 아들

예순여섯이 되는 며느리의

세배를 받으시며

아흔이 되시는 아버지

아흔하나가 되시는 어머니

이젠 너희들 통일꾼이 되라 하신다

1899년 2월 18일

아버지는 네 살에

독립군 아버지 어머니 품에 안겨

어머니는 다섯 살에

동학군 아버지 어머니 등에 업혀

하루에 두만강 얼음판을 건너셨는데

이제 걸음도 제대로 못 걸으시고

반 장님 반 귀머거리로

환갑 진갑 다 지난 아들 며느리에게 업혀 사시면서도

마음만은 더욱 푸르러 더욱 뜨거워

갈라져 피 흘리는 조국 생각하는 마음

이대로는 눈 감을 수 없어

이젠 우리더러 통일꾼이 되라신다

원산 함흥 회령을 거쳐

눈보라 휘몰아치는 북간도 용정 새장 거리에 서서

조선 독립 만세

조선 통일 만세

목이 터지게 부르다가 쓰러지는 게

마지막 소원이시란다

하늘아 들어라 땅아 들어라

백두산 줄기 우릉우릉 울리는 마음으로

압록강 두만강 흑흑 흐느끼는 피눈물로

사십 년 분단 슬퍼하는 겨레 앞에

무릎 꿇고 맹세한다

그 소원 겨레의 소원 내 소원이라고

열 번 죽어도 스무 번 죽어도

이 소원 이루고야 말리라고

이 소원 못 이루느니

차라리 날벼락 맞아 죽을 거라고

거룩한 이 땅에 묻히는 걸

거절할 거라고

비무장지대

비무장지대는 무기를 가지고는 못 들어가는 곳이라

우리는 총을 버리고

군복을 벗고 들어간다

막걸리통들만 둘러메고 들어간다

너희도 따발총 버리고

계급장 떼고 들어오너라

팔을 걷어붙이고 팔씨름이나 해볼까

모랫벌을 만나면 씨름판이나 벌여 볼까

멧돼지를 잡아라

바가지로 막걸리를 돌리며

멧돼지 고기를 뜯어라

여군들은 치마 저고리를 입고 나오너라

40년 묵은 나뭇가지에

그네를 매줄 테니 힘을 겨루어라

날씬한 허리 용수철로 튀었다 펴며

푸른 하늘 밀어올려라

아아아아아 비무장지대

너희는 백두산까지 밀어붙여라

우리는 한라산까지 밀고 내려가리라

비무장지대 만세 만세 만세

유언

흰 눈 위에 은빛으로 부서지는

햇살을 향해 창을 날려라

네 창에 꽂혀 죽은 햇살일랑

너의 양지 바른 뜨락에 묻어라

마침내 봄이 와서

포기포기 풀잎으로 돋아나는 햇살 위에

네 아픈 마음 이슬로 맺힌다면

이 어찌 눈물겨운 일 아니랴

캄캄한 그믐밤 지줄대는 시냇물 위에 쏟아지는

별빛을 향해 칼을 휘둘러라

네 칼에 작살난 별빛일랑

너의 뛰는 가슴에 묻어라

마침내 인생의 황혼이 와서

서러워질 때

손주 녀석들 눈에서 빛나는 별빛을 만나리니

그 별빛 싸래기들을 쓸어 담아

어두워 가는 역사의 뒤안길에 뿌린다면

이 어찌 고마운 일 아니랴

그러나 진실을 향해서만은

창을 날리지 말아라

칼을 휘두르지 말아라

네 창에 꽂혀 죽은 숨결

네 칼에 맞아 부서진 노래들이

땅속에서 소리 지를 날이 오리니

그날 네 양심이 눈을 뜨면 너는

제 손으로 제 가슴에 칼을 박고 죽어야 하리라

넋두리 아닌 넋두리

45년 전 배로 건너던 압록강
이번엔 비행기에서 굽어보면서
그냥 담담하기만 했었더랬는데

순안 비행장에서 만난 순옥이
꼭 죽은 줄만 알았던 순옥이
와락 가슴에 안겨서 흐느끼는데도
그냥 무덤덤하기만 했더랬는데

기완일 업어 길렀다는
누님 하늘 무너지듯
큰오빠 품이런 듯 안겨 와
와들와들 떨며 숨죽여 우는데도
그냥 그러려니 어깨만 다독여 주었더랬는데

이 편지는 우표를 붙여도 배달이 안 된단다

왜 그렇지

이 편지는 광주에 계시는 할아버지께 보내는 편지거든

그거 그냥 근사한 대사라고 생각하며 듣고 있었더랬는데

그 편지 내가 전해 줄게

니들 광주 계시는 할아버지 할머니 품에 안기는 세상 만들
어 줄게

그건 이미 연극이 아니었어

그 애들이 내 목에 매달려 그냥 엉엉 우는 것이었어

그런데도 내 눈에선 눈물 한 방울 안 솟았더랬는데

평양은 아직 멀었나

이런 헛소리를 하시다 돌아가신

아버님의 셔츠와 잠바를 입고

대동강 뱃놀이를 하면서도

백범 김구 선생이 일본놈을 죽이고

피해 계시던 암자 앞에서

대동강 굽어보며 술잔을 주고받으면서도

그냥 가슴이 뭉클할 정도더랬는데

억울하게도 또다시 가던 길을 되잡아

돌아온 서울

안기부 지하실에서 보낸 스무 날

그냥 희희낙락이더랬는데

여기 안양교도소

세 번째로 들어온 날 밤

뜬눈으로 새우다 닭이라도 홰를 칠 새벽녘

이제사 온몸 흐느끼며

이 웬 눈물이 이다지도 쏟아질까

이건 서러움일까

그래 이건 정녕 서러움이야

이게 서러움이 아니면 뭐가 서러움이겠어

폭포로 쏟아지는 눈물

그날

모두 울었습니다

하늘도 울고 땅도 울었습니다

갑자기 터져 나온 만세 소리에

깊은 잠을 깬 산천이 울었습니다

1919년 춘삼월

불을 뿜는 총구멍 앞으로

못다 핀 야윈 가슴을 풀어 헤치고

자유 아니면 죽음을 달라 외치며

달려들어가는 눈물들의 함성에

집이 울고 논밭이 울었습니다

외양간에서 소가 울고

뒷산에서 부엉이가 울었습니다

광에서 손때 묻은 쟁기가 울고
호미가 곡괭이가 낫자루가 울었습니다

그날
당신도 우셨습니다
다 죽은 줄 았았던 녀석들이
다시 살아났다며
소리 내어 엉엉 우셨습니다

그날
더 크게 울 날을
우리는 아직도 기다리고 있습니다
허리 잘린 강산이 다시 피가 통하고
갈라진 마음들이 다시 어울려
완전 자주독립을 이룩하는 날
당신의 제단 둘레를
손잡고 춤을 추며 노래하면서
눈물이 소나기로 폭포로 쏟아질

아아아

그날을 믿으며

그날을 바라며

오늘도 우리는 한 걸음

다가섭니다

문석이 형님

형님 형님

문석이 형님

40년을 그리도 보고 싶었던

형님 문석이 형님

1946년 봄이었지요

북간도 용드레 마을에서 작별한 것이

그때 형님의 나이 서른하나

내 나이 스물여덟

한창 나이였지요

그해 여름 난 압록강 건너

38선 지나 서울로 왔구요

형님이 회령으로 나오셨다는 소식

들어 알고 있었습니다

형님은 그럭저럭 40년을 회령에 붙박여 사셨군요

내가 장돌뱅이처럼 떠도는 동안

그동안 나는 아들 셋에 딸 하나 낳고

손주 손녀 다섯이나 벌었답니다

형수님의 그 곱던 얼굴 얼마나 늙으셨을까

원석이 그 녀석이 벌써 작년에 환갑이었다구요

그때 훈춘에서 나왔던 노석의 아들과 함께 박은 사진을 받
아 들고

난 숨이 멎는 것 같았습니다

형님 형님 문석이 형님

형님의 얼굴이 바로 분단 40년이군요

왜 사진기의 렌즈마저 외면하셨죠

사진기 렌즈라도 똑바로 들여다보았더라면

나하고 눈이라도 마주쳤을 텐데

이마 하나는 예나 지금이나 시원한데

그 넉넉하던 웃음은 그림자도 없군요

내 얼굴에서 웃음을 앗아 간 검은 손

그게 바로 분단이 아니냐

피맺힌 민족의 한 아니냐

온 겨레가 달려들어 무너뜨려야 할 절벽이 아니냐

그 앞에서 우리 모두 한겨레로 허물어져야 하는

불구대천의 원수 아니냐

형님의 씁쓸한 눈매에서 번져 오는 소리

나의 얼굴을 후려치는군요

형님 형님 문석이 형님

고생이야 많았겠지만 그게 뭐 대숩니까

찢겨진 조국 나누인 겨레가 찢긴 대로 나누인 대로

눈을 흘기고 피를 흘리는 일이 원통해서

눈을 못 감고 죽은 넋들의 눈물

이 아침에도 나뭇잎 풀잎에서 뚝뚝 떨어지는데

떨어져 가슴을 파고드는데

우리는 이렇게 멀쩡하게 살아 있었군요

용케 용케 살아 있었군요

기다린다는 게 무업니까

40년이나 벙어리

냉가슴 앓고 있다는 게 도대체 무업니까

벌떡 일어서 사진에서 걸어 나오시라구요

예전처럼 팔씨름이나 해보자구요

아니 이렇게 앉아 있는 게 편해

그럴지도 모르죠

아아아아아 그런데 그게 아니군요

나의 눈을 피하는 형님의 눈은 그냥 서운한 게 아니군요

슬며시 분노하고 있군요

강산이 네 번이나 바뀌도록

우리를 죄어 매는 사슬에 분노하고 있군요

아직도 이 사슬 끊어 버리지 못하는 역사에 분노하고 있군요

그렇게 속으로만 끙끙 앓지 말고

렌즈를 뚫어지게 들여다보시라구요 형님

내 눈도 꽤 분노하고 있으니까

렌즈를 뚫고 두 눈길 마주쳐 보자구요

화끈 불길이 일 것 아닙니까

역사라는 게 별게 아니라는 걸

나도 요새 슬슬 알게 되었습니다

형님 형님 문석이 형님

역사라는 게 서두른다고 되는 게 아니지만

천년을 하루같이 느긋이 기다리는 면도 있어

그런대로 나쁘기만 한 건 아니지만

구들장이 들썩들썩 눈보라 휘몰아치는 밤

화끈하게 아궁에 군불 지피고

먹을 것 못 먹을 것 죄다 쓸어 넣고

부글부글 찌개를 끓여 놓고

막걸리잔을 돌리며 목이 터지게

선구자

두만강 푸른 물에

독립군

통일꾼

노래를 소리쳐 부르다 보면 어느새

영창이 훤히 밝아 오는 일

바로 그게 역사라는 걸 난 조금씩 알게 되었습니다

난 형님과 술자리 한판 벌여 보지 못했네요

이제 익환이도 꽤 술 마실 줄 알게 되었다구요

놀라운 일이구나

너하고 술판을 벌인다면

휴전선이 아니라

그 이상 가는 것이라도 헤치고 가마

형님 그게 그리 간단한 게 아닙니다

그러나 역사란 그 마음이면 되긴 됩니다

해보자구요 형님

밑져야 본전 아닙니까

통일도 사람이 하는 건데

형님이라고 나라고 못 하라는 법 어디 있습니까

형님 형님 문석이 형님

이제야 통일이 무언지 알 것 같습니다

통일이라는 것도 그러고 보면

별로 대단할 게 없군요

형님하고 나하고 오다가다

북청이나 단천쯤 어느 주막에서 만나

술자리 한판 떡 벌어지게 차리고

마시다 마시다 곤드레가 되는 일이군요

그 자리에서 벌어지는 일을 형님은 뭐라고 하겠습니까

그게 해방이지 뭐겠니

그게 40년이나 우리 모두 가슴 쥐어짜며 빌던

민족해방이지 뭐겠니

형님 문석이 형님

북쪽에도 아직 해방이라는 말이 있었군요

남쪽의 해방 북쪽의 해방

남쪽의 떨거지들 북쪽의 떨거지들이

술판을 벌이고 얼싸안고 뒹굴며

눈물로 무너지는 걸 형님은 뭐라고 하겠습니까

그건 뼈 마디마디 녹아내리는 일 아니겠니

그렇군요

종종걸음으로 가난한 살림 꾸려 가시던

이모님의 발목뼈뿐이겠습니까

침장이 이모부님 손목 손가락 뼈뿐이겠습니까

개뼉다구 소뼉다구뿐이겠습니까

소나무 물푸레나무 마른 마디뿐이겠습니까

하늘도 땅도 왕창 녹아 버려

끝없는 바다로 출렁이는 일이겠군요

모든 걸 끌어안고 울음으로 터지는 일 아니겠니

그렇군요

모든 것이 우리의 목소리 우리의 사랑이 되는 일이겠군요

찢기고 갈라지는 아픔 눈물로 씻어내리는

우리의 목소리 우리의 사랑이 되는 일이겠군요

형님 형님 문석이 형님

곧 만나자구요

곧 만나자구요

곧 만나자구요

자유

아버지

자유라는 말을 우리말로는 뭐라고 할까요

산 절로 수 절로 산수간에 꽃 절로는 아닐 거구요

밖에서 누가 따 주지 않으면 예서 한 걸음도 못 나가지만

마음은 눈만 감으면 순식간에

아버지 옆에 올 수 있으니

이 마음이 자유인가요

하루 세 끼니 보리밥을 앞에 놓고

느끼는 고마움이 자유인가요

화학 비료와 농약으로 죽어 가면서도

낟알을 내려고 안간힘을 다하는 땅

번개 번쩍 벼락 치는 소리와 함께 퍼붓는 소나기

사랑처럼 쏟아지는 햇빛 앞에

넙죽 엎드려 절하는 마음이 자유인가요

고마운 농부들 왜 한숨뿐인가요

밭이랑처럼 주름 깊은 몸과 마음

왜 그냥 눈물인가요

갈퀴가 된 손으로 숟가락을 꼽는

밥그릇들은 왜 그냥 피눈물인가요

그렇구나 아들아

자유는 그냥 아픔이다 슬픔이다

피맺힌 한을 날려 보내는 일이다

아픈 가슴들로 모여 와서

이 철조망을 뽑아내는 일이다

가시 쇠줄에 찢겨 터지는 살갗이다

그 상처 상처에서 돋아나는 핏방울이다

묻어 둔 지뢰라도 터지는 날이면

찢어진 살조각으로 흩어졌다가

봄이 되면 여기저기 피어나는 꽃봉오리들이다

끊어진 경의선 경원선을 다시 잇는 망치 소리다

아버지 그렇군요

철로를 타고 남에서 북으로 북에서 남으로

철마 구르는 소리 그것이 자유이군요

암 그렇다마다

서울을 떠난 기차가 원산 함흥 청진으로 굽이굽이 돌 적마다

죽었던 함경도 사투리들 봇물 터지듯

왁자지껄 쏟아져 나오는 소리 그게 바로 자유란다

황주에서 꿀맛 같은 홍옥을 사 먹고

평양에 가서 냉면 두어 그릇 사 먹고

신의주에 가서 압록강 물에 참외를 씻어 먹는 맛 그게 자유
란다

문석이 형님을 모시고 목포에 가서 소주를 받아 놓고

홍어 민어 광어 낙지 회를 먹으며

회포를 푸는 일도 정말 눈물겨운 자유겠군요

거기서 고깃배를 얻어 타고 여수에 가서

전복죽으로 아침을 때우는 자유도 여간만 감칠맛이 나는 게
아니겠군요

거기서 유람선을 타고 부산에 가서 동해 바다 끝으로 해 뜨
는 걸 보는 일도 기막힌 자유인 거구요

모두들 배낭을 메고 삼수 갑산 무산으로 해서

또 신의주 강계 혜산진으로 해서

우리의 얼 백두 영봉에 올라

얼음보다 차운 물에 몸을 씻고

쏟아지는 푸른 하늘을 한 아름씩 가슴에 안고

내려오는 일 그게 자유이군요

그보다 먼저 더 큰 자유가 있구나 아들아

무덤에도 못 묻히고 조국이 된 사람들이 먼저

일어나 앞장을 서고

나같이 무덤에 묻힌 사람들이 무덤을 열고 나와 뒤따르고

너같이 살아 있는 사람들이 그 뒤에 서서

휴전선에 모여 와 풍물을 잡히고

사흘 낮 사흘 밤을 춤을 추다 추다

네편 내편 없이 무너져 쓰러지며 쏟는 눈물

풀잎에 이슬로 맺혔다가

아침 햇살을 받으며 굴러떨어져

온몸으로 땅을 적시는 노래만큼

큰 자유가 또 어디 있겠느냐

통일은 다 됐어

어머니

운명하시기 사흘 전이었습니다

박형규 목사가 문병 와서

통일 보고 가셔야죠 하니까

어머니는 단호하게 말씀하셨습니다

통일은 다 됐어

3차 고위급 회담이 별 성과 없이 끝났는데도

어머니

그렇게 말할 수 있을까요

암 말할 수 있구말구

기득권자들의 눈에는 보일 리 없지

겨레의 마음속 닫혔던 문 활짝 열린 것이

죽기 아니면 살기로 치고 맞는 권투 경기가 끝나고

남과 북 두 선수의 눈물겨운 광경 못 봤어

이긴 남쪽 선수 진 북쪽 선수를 껴안으며

미안해

진 북쪽 선수 이긴 남쪽 선수에게

형 축하해

백림 장벽이 무너지기 전에 이미

거기서 분단의 장벽이 무너졌던 거 아니겠니

어머니

그렇군요

분단의 장벽은 사람들의 마음에 있었군요

불신 반목 질시 적개심은 마음에 있는 거니까요

제가 김일성 주석을 껴안았다고 해서

욕을 얻어먹은 걸 보시면서

어머니 염통에 불이 났지요

그것이 결국 어머니 수명을 단축시켰던 거구요

그 때문에 내가 며칠 일찍 숨을 거두었단들

그게 뭐 대수냐

수경이를 껴안고 뒹구는 북쪽 겨레의 몸부림 속에서

나는 눈물로 온몸 녹아내리는 걸 느꼈단다

그렇군요 어머니

북쪽의 겨레는 남쪽에 사는 우리를 원수라고 생각하지 않고

미워하지도 않게 되었군요

미워하지 않게 된 것만이 아니라

뜨겁게 뜨겁게 사랑하고 한겨레가 된 거지

한겨레가 된 것이 죽고 싶도록 행복한 거지

평양 소년궁에서 어린이 셋이 목에 매달려

엉엉 울 때

저도 그걸 아프게 아프게 느꼈습니다

남쪽의 4천 3백만 겨레도 같은 심정이라는 거 알지 않어

예 잘 알고 있습니다

분단의 장벽 흔적도 없이 폭발시켜 버리기 직전이라는 거

잘 알고 있습니다

몇 해 전까지만 해도 남북 두 축구팀이 국제 경기에서 만나면

그것은 살벌한 전쟁이었습니다

일본 팀에게는 져도 북쪽 팀에게는 질 수 없다며

눈에 쌍심지를 켜고 달려드는 것이 남쪽 선수들이었습니다

미국 팀에게는 져도 남쪽 팀에게는 질 수 없다며

북쪽 선수들은 살기등등했었습니다

그런데 금년 여름 자카르타에서 열린 아시아 청소년 축구대
회에서 세계축구 사상 일찍이 없었고 앞으로도 없을 경기가 벌
어졌습니다

잘 알고 있다

나도 거기 가서 울고 있었으니까

남쪽 선수들은 북쪽 선수들이 발목을 삘세라

북쪽 선수들은 남쪽 선수들의 다리에 생채기라도 날세라

연장전까지 1백 20분 경기를 반칙 한 번 없는 경기를 해냈
거든

한겨레라는 것이 그렇게도 소중했던 거야

백두산이 언제 한라산을 미워한 일이 있었니

한라산이 언제 백두산을 향해 총을 겨눈 적이 있었니

압록강 금강 대동강 한강 물이 서해 바다에 가서 어울려

신나기만 한 거 아니겠니

두만강 낙동강 물도 동해 바다와 남해에서 어울려

출렁이다가

하늘로 구름이 되어 떠돌다가

남쪽 북쪽 가리지 않고

단비로 쏟아지는 거 아니겠니

태백산 줄기 억센 허리 언제 끊어진 일이 있었니

그렇군요 어머니

그렇군요 어머니

통일된 민족, 통일 대장정 만세

4부

히브리서 11장 1절

그것은 잔디씨 속에 이는 봄바람이다.

그것은 눈먼 아이 가슴에서 자라는 태양이다.

그것은 언 땅속에서 부릅뜬 개구리의 눈망울이다.

그것은 시인의 말 속에서 태동하는 애기 숨소리다.

그것은,

그것은 내일을 오늘처럼 바라는 마음이요, 오늘을 내일처럼
믿는 마음이다.

그건 서러움이 아니었구나

목사님 잘 주무셨어유

그래 잘 잤다

조반 많이 잡수셨어유

그래 많이 먹었다

목사님 건강하셔유

그래 난 막강하다

아침마다 설거지를 마치고

창틀에 턱을 괴고 하늘을 쳐다보는

이맘때면 영락없이 들려오는

저 앳된 목소리

저 목소리로 나이를 헤아려 보다가

얼굴을 그려 보다가

무슨 죄를 짓고 들어왔을까 상상해 보다가

문득 가슴에 젖어 오는 서러움

보슬비가 되어 후줄근히 땅을 적신다

목사님 시 잘 읽었어유

목사님 통박 잘 굴리셔유

아아아

그건 서러움이 아니었구나

당신은 언제나 내 뒤에 계십니다

당신은 언제나 내 뒤에 계십니다.

그래서 나는 당신의 얼굴을 뵌 일이 없습니다.

눈을 감고 친지들 생각에 잠겨 있을 때면

당신의 숨소리가 들리긴 하죠.

사방 벽을 쳐다보며 외로워질 때면

당신의 숨소리는 한숨으로 변하죠.

이른 새벽 창가에 불려 나와 샛별을 쳐다볼 때면

당신의 눈도 맑게 빛나겠지요.

황홀한 저녁노을이 마음에 젖어들 때면

당신의 눈에도 눈물이 고이겠지요.

저 마당에서 서성이는 퍼렁 옷 죄수들을 굽어보고 있을 때면

당신의 얼굴엔 보나마나 분노가 스치었겠지요.

당신은 언제나 내 뒤에 계십니다.

그래서 나는 당신의 얼굴을 뵌 일이 없습니다.

그러나 잠자리에 들었을 때만은

당신은 꿈으로 내 속에 들어오시죠.

손바닥 믿음

이게 누구 손이지

어두움 속에서 더듬더듬

손이 손을 잡는다

잡히는 손이 잡는 손을 믿는다

잡는 손이 잡히는 손을 믿는다

두 손바닥은 따뜻하다

인정이 오가며

마음이 마음을 믿는다

깜깜하던 마음들에 이슬 맺히며

내일이 밝아 온다

땅의 평화

땅은 평화입니다

땅의 마음은 평화입니다

하늘보다 큰 마음

바다보다 푸른 마음

태양보다 뜨거운 마음

땅의 마음은 평화입니다

땅과 입을 맞추면서

발바닥은 부끄럽습니다

냄새나고 더러운 것 무엇 하나 마다 않고

받아 마시며 피워 내는 풀꽃들

발바닥은 부럽습니다

활이 아닙니다

칼도 창도 아닙니다

기관총도 대포도 탱크도 아닙니다

핵무기 전자무기가 문제입니다

그 가공할 살인 무기를 만드는 손들

그 단추를 누르는 것이 자랑스러운 손가락들

발바닥은 분노합니다

위대한 인류의 위대한 문명의 그늘 아래서

배고파 우는 아이들의 울음소리

발바닥은 아프고 쓰립니다

활이 아닙니다

칼도 창도 아닙니다

기관총도 대포도 탱크도 아닙니다

핵무기도 전자무기도 아닙니다

평화가 문제입니다

하나도 평화 둘도 평화 셋도 평화입니다

은하 성운 밖으로 밀려나는 평화를 보며

슬퍼하는 하느님의 마음입니다

평화를 애타 바라는

하느님의 뜨거운 마음입니다

간절한 땅을 딛고 서서

발바닥은 불이 됩니다

몸은 선 채로 타는 제물이 됩니다

손바닥 울음

당신이 보이지 않아

다리가 휘청 몸이 무너질 때면

나는 눈을 감습니다

무너지는 하늘

절망을 감추기 위함이 아닙니다

어두움 속에서

누군가의 손을 이름 모를 손을

목메이게 잡아 보기 위함입니다

번져 오는 누군가의 마음에

누군가의 슬픔에 슬픈 희망에

살며시 닿아 보기 위함입니다

그래서 이 닫힌 마음 무너지기 위함입니다

슬픔으로 무너져 산천 울리는 울음소리로

눈물겨운 하나 되기 위함입니다

눈 감고 손잡고 넘어지며 엎으러지며

어두움 속을 전진하기 위함입니다

절벽이라도 있으면 같이 떨어져 죽기 위함입니다

돌에 채어 발이 터지고 가시에 찔려 얼굴에서

팔다리에서 가슴에서 옆구리에서 피가 흘러도

그거야 차라리 약과지요

어쩌다가 가로세로 찢긴 손

툭툭 불거진 손

손가락 한두 마디 짤려 나간 손이라도 잡히면

당신이 보이지 않아도 괜찮아요

아주 장님이 되어도 좋아요

손바닥으로 당신을 숨쉴 수는 있을 테니까요

손바닥으로 당신을 믿을 수는 있을 테니까요

붉은 가슴 뜨거운 가슴 서로 비비며

얼싸안아 볼 수는 없어도

손바닥으로나마 당신을 아프게 울 수는 있을 테니까요

아픈 울음으로 당신을 노래할 수는 있을 테니까요

노래하며 죽을 수는 있을 테니까요

나의 길 당신의 길
-나는 길이요 진리요 생명이니

나는 모릅니다

나는 왜 당신을 밟고 가야 하는지

당신의 핏자죽을 왜 오늘도 밟고 가야 하는지

당신의 체온을 한숨을 눈물을 고독을 허무를

왜 오늘도 내일도 밟고 가야 하는지

여기저기서 당신의 살점이 발에 밟힙니다

당신의 아픔이 발바닥을 사정없이 찌르는군요

온몸의 피가 술술 새나갑니다

그러자 막혔던 숨통 터지며 다시

발을 옮길 수 있군요

난 이유 없는 이 길을 다시 가야 하는군요

그럴 밖에 다른 길이 어디 있겠습니까

당신이 절망하면서도

절망하지 않고 가신 길

내가 누군데 안 갈 수 있겠습니까

그런데 간밤 꿈에 당신이 끝난 데 다다라

그만야 숨이 막혀 쓰러지고 말았습니다

그러자 당신이 벌떡 일어서시어

나를 밟고 갔습니다

아픔이 온몸에 번져 갔습니다

그제야 난 모든 것을 알았습니다

무엇이나 참된 것은 오직

길일 뿐이라는 것을

십계명

피에 절은 땀내가

소리치면서

뜨거운 파도가

모래를 날린다.

성난 시내산

헉헉

안으로만 숨을 몰아쉬다가, 그만

가슴이 터져

불을 쏟는다.

모래불 위에 떨어지는

불꽃

불꽃처럼 뒹구는

살점 살점

모래알을 입술로 바수던 40년

불이 탄다.

채찍 소리

불길을 끊으면서

모세의 등어리에

열 줄 핏자죽이 패인다.

함 선생님

하느님의 가슴을 두드리다 말고 저는

제 가슴을 열어 보여 드렸습니다.

그럴 밖에 없었습니다.

갈비뼈가 앙상하게 드러난 좁은 가슴에는

오래된 생채기가 하나 있었습니다.

만사가 깜깜하기만 하던 십대의 소년 시절

나라 잃은 설움에

뒷산 숲속을 밤새 헤매다가

모르는 새 가시에 찢긴 자죽입니다.

문득

지난날 가슴을 치던 절망의 메아리가 들리는가 싶더니

그 자죽이 다시 찢기며

빨간 피가 스며 나오더군요.

후,

무거운 한숨 소리와 함께 눈물 한 방울

찢긴 생채기에 떨어져 핏물 들며

살 속으로 스며들었습니다.

찡하는 새 아픔이

온몸에 번져 나갔습니다.

가는 떨림으로

하느님의 응답은 그뿐이었습니다.

부활절 아침에

빛은

무덤에서

새어 나온다

사랑을 잃은 막달라 마리아의

휑뎅그런 가슴 같은

무덤

빛을 그리는 마음뿐이다가

쏟아진 별빛들이

오손도손

새 아침을 마련하는

곳

빛은 그런 무덤에서

새어 나온다

생명은

무덤에서

돋아난다

'평화시장'에서 시들어 가는

아까운 꽃송이들을

사랑하다가 사랑하다가

한 줌 재가 된

아,

전태일의 꽃 같은 마음에

풀씨들은 울먹이며

더듬더듬

새봄을 마련하는

곳

생명은

그런 무덤에서

돋아난다

아침 예배

1986년 9월 7일 오전 열한 시

언제 들어도 구수하기만 한 송해의 휘어잡는 너스레에 정신
이 번쩍 들어

마음은 날개를 쳐 한빛교회로 날아가 당신 옆에 앉는다

어느 여직공이 부르는「목포의 눈물」을 들으며 김경영 장로
의 목회 기도에

아―멘을 한다

남자 친구 있으세요

내달이면 결혼인걸요

중매 결혼인가요 연애 결혼인가요

중매 결혼은 아니에요 그렇다고 연애 결혼이랄 것도 없어요
어느 날 같은 공장에서 일하는 외로운 네 눈이 부딪치며 같이
살기로 했어요 서로 위로하며 힘이 되는 거죠 뭐

송해의 목소리가 갑자기 숙연해진다

행복하게 사세요

그러자 마당이 떠나가게 박수 소리가 터져 나온다

나는 눈이 화끈해진다

설교하는 유 목사의 얼굴을 쳐다본다

한풀 기가 꺾였던 송해의 너스레가 억지를 부리고

여기저기서 빈 웃음소리가 울려 나오는데

저 멀리 뒤에서

푸른 바다 깊은 바다 불붙는 바다 춤을 추며

그 시뻘건 가슴에서 희디하얀 말씀 하늘과 땅에 울려 퍼진다

내 큰마음을 받아라

내 뜨거운 마음 받아라

내 자유를 받아라

우리는 다 같이 일어서서

밀려 나가야 한다

저 깊은 바다를 향해

하늘과 땅 맞닿아 끝없는

수평선을 바라보며

하느님의 바보들이여

어떤 일이 있어도 늙어서는 안 됩니다

언제까지라도 젊어야 합니다

싱싱하게 젊으면서도 깊어야 합니다

바다만큼 되기야 어찌 바라겠습니까마는

두세 키 정도 우물은 되어야 합니다

어찌 사람뿐이겠습니까

마소의 타는 목까지 축여 주는 시원한 물이

흥건히 솟아나는 우물은 되어야 합니다

높은 하늘이야 쳐다보면서

마음은 넓은 벌판이어야 합니다

탁 트인 지평선으로 가슴 열리는

벌판은 못 돼도 널찍한 뜨락쯤은 되어야 합니다

오가는 길손들 지친 몸 쉬어 갈

나무 그늘이라도 있어야 합니다

덥석 잡아 주는 손과 손의 따뜻한

온기야 하느님의 뛰는 가슴이지요

물을 떠다 발을 씻어 주는

마음이야 하느님의 눈물이지요

냉수 한 그릇에 오가는 인정이야

살맛 없는 세상 맛 내는 양념이지요

이러나저러나 좀 바보스러워야 합니다

받는 것보다야 주는 일이 즐거우려면

좀 바보스러워져야 하지 않겠습니까

바보스런 하느님의 바보들이여

예수의 기도 5

비록 티끌 같은 것들이지만

저희더러 이 땅의

이 깜깜한 땅의 빛이 되라고 하십니까

주여

태백산 줄기를 굽이굽이 휩쓸다가

순식간에 동해 바다 서해 바다를 들끓게 하는

어두움에

숨소리도 없이 삼키울

한 대 촛불입니다

우리는

생겨날 때 이미

타 없어지기로 운명 지어진 몸들이기에

아까울 거야 없습니다마는

절벽처럼 버텨 선 저 어둠
물러설 날이 있을 건가요
주님

착하고 어진 마음씨야
어차피 포악한 주먹에 박살 나도록
운명 지어진 몸들이기에
무서울 거야 없습니다마는

햇순 돋아나는 대로
짓밟아 버리는 저 구둣발들
물러설 날이 있을 건가요
주님

어차피
땅에 묻혀 썩을 피라면

차라리 흰 눈 위에

눈부시게 뿌리고 죽는 편이

백번 나을 줄 알기에

주저할 건 없습니다마는

우리의 피를 받아 삼키려는

스올*의 저 목구멍

닫힐 날이 있을 건가요

주님

당신만이 역사의 주라는 걸 믿으라고 하십니까요

이 어둠이 아무리 짙어도

정의의 태양이 불끈 솟아오를 날

사랑의 햇살이 황금빛 깃을 활짝 펼 날을 믿고 기다리라고

하십니까

기다리고만 있지 말아라

정의의 샘구멍을 뚫어라

사랑의 샘줄기를 트라고 하십니까

정의가 한강 물처럼 흐르게

사랑이 대동강처럼 흐르게

어둠의 절벽이 아무리 높아도 그 앞에

무릎을 꿇을 수야 없지 않느냐

구둣발 소리 아무리 무서워도

움츠러들 수야 없지 않느냐

스올의 목구멍이 온 세상을 삼키려고 한대도

그 앞에 젯상을 차리고 엎드릴 수야 없지 않느냐고 하십니까

그야 그렇지요 그러나

어쩌면 좋습니까

그날이 오기 전에

시들어 떨어지는 저 꽃송이들을

---

* 고대 히브리인들이 생각하던 죽음의 신.

숨이 막혀 터지는 저 가슴들을

땅에 영영 묻혀 버리는

아름다운 꿈들을

주여

언제까지입니까

우리는 죄인입니다
-기독교장로회 새 역사 30년에 바치는 시

우리는 죄인입니다

우리는 빚진 죄인입니다

빚을 져도 섬으로 진 죄인입니다

골백번 다시 살며 갚아도 갚아도

다 갚을 길 없는 산더미 같은 빚에 깔려

죽어야 할 죄인입니다

하늘의 용서 땅의 용서 없이는

한순간도 숨쉴 수 없는

죄인입니다 큰 죄인입니다

당신의 부드러운 가슴에서

고운 인정으로 돋아나는 풀포기들의 푸른 마음

가슴 깊숙이 들이마시면서도

제 잘난 맛에 우쭐대기나 하는

못난 죄인입니다

당신의 심장 터지며 쏟아지는 햇살

바다를 붉게 물들이거나

흰 눈 덮인 언덕 위에 금싸라기로 부서지면

아름다운 시나 읊조리는

철없는 죄인입니다

지구라는 별이 생기기 수십억 광년 전부터

깜깜한 우주 공간에서 한순간도 쉬지 않고

숨가쁘게 슬픈 꿈으로 반짝이는 별들을 쳐다보면서도

하나에 하나를 더하면 둘이 되는

주판알의 세계에서 헤어나지 못하는

용렬한 죄인입니다

우리는 죄인입니다

우리는 빚진 죄인입니다

길가의 풀포기들에게

쏟아지는 햇살에게

슬프디슬픈 별들에게

산더미 같은 빚을 진

죄인입니다 큰 죄인입니다

길을 가다가 우산도 없고 비옷도 없는데

갑자기 비라도 쏟아지면

투덜거리기 일쑤인

하잘것없는 죄인입니다

당신이 그 아픈 가슴 찢어발기며

천둥 번개로 분노를 터뜨려도

가슴 한번 덜컹하는 일 없이 태연하기만 한

어처구니없는 죄인입니다

오늘도 우리는 아침 점심 저녁 세 끼니

따뜻한 밥을 먹었습니다

그 쌀 한 톨 한 톨에는

이 땅의 가난한 농부들의 피땀이 배어 있는데

허리 꼬부라진 할아버지들의 한숨이 서려 있는데

갈퀴가 된 손으로 땅을 후비는 아낙들의 한이 배어 있는데

피어 보지도 못하고 시들어 버릴 조무래기들의

가슴 메어지는 애타는 염원 하늘에 사무치는데

언제나 남의 밥그릇이 내 밥그릇보다 커 보여서

상을 찡그리는

우리는 어이없는 죄인입니다

빚진 죄인입니다

이 땅의 억울한 저 농민들은

그 끝도 없는 고생을 어디 가서 보상을 받을 겁니까

그들에게 섬으로 진 빚

누가 우리 대신 갚을 겁니까

어촌에 가면 독수공방의 외로움 같은 건

차라리 사치인 청상과부들이 많다더군요

찢어지는 가난 속에 처자를 남겨 두고

저희의 무덤 출렁이는 파도를 헤치고 나가

죽어 돌아오지 않는 어부들에게 진 빚은

얼마나 크다고 하면 될까요

그 과부들의 행복을 차압하고 받아 온

조기로 갈치로 대구로 삼치로 오징어로 입맛을 돋우면서

우리는 어쩔 수 없이 빚진 죄인이 되는군요

이 땅의 헐벗은 산을 푸르게 옷 입히는 데

제일 큰 공을 세운 것은 아무래도 연탄이지요

그러나 그게 어디 그냥 연탄인가요

그건 광부들의 붉은 목숨입니다

쿵 하고 한번 무너지기만 하면

천 길 땅속에 묻힐 줄 알면서

아침마다 마지막 작별을 하고 나서는

광부들의 살덩어리입니다

우리는 그들의 목숨으로 그들의 살점으로

방을 덥히고 밥을 짓고 조기를 구워 먹는 거죠

그런데 우리는 우리가 져야 할 빚을

그들의 어깨에 지우고 있군요

그들은 우리의 빛을 지고 비틀거리며

저 깊은 갱을 내려가고 올라오는군요

40도를 오르내리는 공장에서

무좀에게 발바닥을 갉아먹게 내맡긴 채

기관지염 폐병 관절염 신경통 등 온갖

직업병에 시달리면서 손이 터지게 일하는

입을 가지고도 말 못 하는 이 땅의 노동자들에게

섬으로 진 우리의 빛은 누가 갚을 건가요

꼭 13년 전이었습니다

아침에 나올 때면 어머니에게서 버스값 30원을 받아 가지고
나오지만

그 돈으로 풀빵 서른 개를 사서

점심도 못 먹고 꾸벅꾸벅 졸며 일하는 직공들에게 나누어
주고는

밤마다 20리가 넘는 길을 터벅터벅 걸어 들어가는

젊은 노동자가 있었습니다

그의 이름 전태일입니다

마침내 그는 더 줄 것이 없어

제 야윈 몸뚱어리를 힘없는 직공들에게

치솟는 불길로 주었습니다

노동자들의 절망을 불살라 애처로운 희망으로 치솟은 것입

니다

우리는 그의 앞에서 죄인이 될 밖에 없습니다

그의 사랑의 불길 앞에서 얼굴을 들 수 없는

죄인이 될 밖에 없습니다

누더기를 걸치고 잿더미에 엎드려

열흘 보름 서른 날을 울어도 씻을 수 없는

부끄러운 부끄러운 죄인입니다

어젯밤 우리의 늙은 스승 김재준 목사님은

기독교장로회를 결과지(結果枝)라고 하시더군요

열매를 맺는 가지라고 하시면서

조금은 자랑스러우신 것 같았습니다

열매를 맺는 가지들

그 가지에 달린 열매들은

이제 부끄러운 겁니다

철을 따라 우로를 내려 주고

뜨거운 햇빛을 쏟아 주는 하늘

밤이면 별빛으로 꿈의 씨앗을 뿌려 주는 하늘을 쳐다보면서

부끄러운 겁니다

공장 폐수로 농약으로 썩은 강물이

밤낮없이 흘러들어도

마냥 푸르기만 한 바다를 바라보아도 부끄럽고

오가는 발길에 채이면서도 거기 그렇게 있는

길가의 조약돌을 만나도

먼지라는 먼지를 다 뒤집어쓰고도

청순한 웃음을 날리는 신작로가에

줄지어 선 코스모스를 보아도

새소리를 들으면서도

오지 않는 제비를 생각하면서도

따뜻한 방바닥을 훔치면서도

유리창을 닦으면서도

화분을 매만지면서도

실밥 터지지 않은 옷을 입고 넥타이 매고

다방에 들러 커피를 마시면서도

우리는 얼굴을 들 수 없는 죄인입니다

우리를 튼튼히 세워 주고

고마운 진액으로 자라 열매를 맺게 해주는

우리 모두의 어머니 대지를 굽어보면서 우리는

부끄러울 밖에 없습니다

무엇보다도 눈에 보이지 않는 뿌리들을 생각하며

다리를 후들거리며 부끄럽습니다

농부 어부가 없이 나라라는 게 어디 있습니까

광부 노동자가 멸시를 받는데 민족이 어디 있습니까

국회는 행정부는 사법부는 누구를 위해 있는 겁니까

공장은 병원은 신문 잡지는 TV는

88 올림픽은 정치학은 경제학은 철학은 언론은

시는 소설은 누구를 위해 있는 겁니까

뿌리가 없는데 민중이 없는데

하느님의 나라가 어디 있습니까

복음은 누구를 위한 것입니까

하느님의 나라는 보이지 않습니다

그건 뿌리들의 세계이기 때문입니다

복음은 뿌리들의 복음입니다

뿌리들을 살쩌우는 복음입니다

강단에도 서고 설교도 하고

노회 총회 총대도 되는 우리 먹물들은
바람에 팔락이는 이파리들이지요

햇빛 한번 못 보고 땅에 묻혀 있어야 하는
뿌리들을 생각하며 이파리들은 부끄럽습니다

민중의 아픔에는 네편 내편이 없습니다
민중의 절망에도 네편 내편이 없습니다
다만 우리의 아픔 우리의 절망이 있을 뿐입니다
그 아픔에서 피어리게 솟아나는
꽃가루 같은 기쁨에도 네편 내편이 없습니다
그 절망에서 새어 나오는 호롱불빛 같은 희망에도
네편 내편이 없습니다

그냥 돈 안 드는 마음을 주고받을 뿐인
우리의 우리의 우리의 기쁨이 있을 뿐입니다
피멍 든 네 가슴 내 가슴에서 동터 오는
우리의 우리의 우리의 희망이 있을 뿐입니다

우리는 네편 내편 하면서 치고받는

분단 논리를 거부해야 합니다

그건 비민중적이요 비민족적입니다

그건 반천국적이요 반복음적입니다

뿌리들은 땅속에서 엉켜 있습니다

소나무 박달나무 자작나무 느릅나무

칡덩굴 머루 다래 뿌리하며

게다가 온갖 풀뿌리들까지

뿌리들은 네땅 내땅 하지 않고 엉켜 있습니다

그것이 바로 뿌리들의 기쁨입니다

얽히고설킨 뿌리들은 갈라놓으면

아픕니다 죽습니다

그건 뿌리들의 슬픔이요 절망입니다

얽힌 뿌리들

그건 아무도 금을 그을 수 없는

하늘의 마음 바다의 마음입니다

아무도 네편 내편에 묶어 놓을 수 없는

바람의 자유입니다

우리는 용렬하지만

뿌리는 너그럽습니다

뿌리는 슬프기 때문입니다

슬픔을 알기 때문입니다

내 마음을 미루어 남의 마음을 알기 때문입니다

내가 배고픈 설움을 겪어 봤기 때문에

남의 배고픈 설움을 알아주는 거죠

내가 헐벗었기 때문에

내가 맨날 얻어터지고 있기 때문에

내가 외롭기 때문에

내가 갇혀 있기 때문에

아,

날마다 하늘이 무너지고 땅이 꺼지는

칠흑 같은 어두움을 주저앉지 않고 뚫고 나가야 하는

몸이기 때문에

그 마음은 넓고 깊습니다

하느님의 마음은 그들의 마음에서 배어 나올 뿐입니다

그 마음이 하늘나라의 씨군요

살맛 떨어진 세상을 맛 내는 소금이구요

텅 빈 가슴 부풀리는 평화의 누룩이구요

이 뿌리들의 마음 앞에서

우리는 죄인입니다

머리를 들 수 없는 부끄러운 부끄러운

죄인입니다 빚진 죄인입니다

연탄 스무 장만 있어도 마음 든든하고

쌀 한 가마니만 있어도 부자가 된 것 같고

철따라 갈아입을 번듯한 옷 한 벌썩만 있으면

복에 겨운 것 같고

아이들이 별 탈 없이 학교에라도 잘 다니면

하늘을 쳐다보는 눈에 눈물이 글썽이는 것이

우리의 뿌리 민중입니다

가난한 하늘나라 백성의 가난한 마음이지요

그것은 욕심이랄 것이 못 되니까요

그들이 바라는 것은 무엇일까요

그것은 평화입니다

동네방네 오손도손 모두 이웃사촌이 되어

마음을 주고받으며 마냥 흐뭇한

잠자리에 들 때마다

마음 놓고 코를 골 수 있는

평화인 거죠

그것이 땅의 평화이군요

첫 크리스마스의 복음이군요

기쁜 소식이군요

당신은 이 평화의 소식을 가지고

이 땅 끝까지 와 주셨군요

그러나 이 기쁜 소식이 아직은

이 땅 끝의 끝에는 채 미치지 않았습니다

이 땅 끝의 끝에는 기쁨이 없습니다

기쁨은 아직 깜깜한 절망 애타는 소망으로 있을 뿐이군요

아직은 오직 설움만이 있습니다

헤어날 길 없는 가난과 무지와 질병만이 있습니다

그러나 거기만은 인정이 있었군요

얼어붙은 마음 호호 녹여 주는

따뜻한 인정이 있었군요

하느님의 슬픈 마음이 있었군요

우리가 독점하려다가 놓친 평화의 씨앗이

바로 거기에 있었군요

가느다란 풀뿌리로 살아 있었군요

그러니 어찌 우리가 죄인이 아니라고 뻗대겠습니까

빚진 죄인이 아니라고

이제 오래지 않아

금강산 설악산 내장산에 단풍이 들겠군요

뿌리들의 인정으로 피어나 자랑스럽던 이파리들

뜨겁게 불타 강산을 물들이며 떨어질 날이 다가왔군요

모든 부끄러움 떨쳐 버리고

슬픔처럼 뚝뚝 떨어져 땅으로 돌아가겠군요

뿌리로 돌아가겠군요

수북수북 쌓여 뿌리들을 겨울 추위에서 지켜 주고

살쪄워 주겠군요

땅에서 난 몸 땅으로 돌아가는 거죠

뿌리에서 난 몸 뿌리로 돌아가는 거죠

뿌리의 인정에서 난 몸 뿌리의 인정으로 돌아가

새 가지로 뻗고 새 이파리로 돋아나고

새 열매로 영그는 거죠

민중과 함께 민족을 위해서 땅끝까지*

기장 새 역사 30년 만세

---

* 한국기독교장로회 새 역사 30년 총회 표어

당신에게

내가 시를 쓰다니. 그것도 매사가 쉬지근해진다는 쉰 고개를 넘은 나이에. 더군다나 시를 긁적거리기 시작해서 2년밖에 안 되면서, 시집을 내다니. 이건 내가 생각해도 좀 셈이 덜 들었다고 할 밖에 없는 노릇이오. 하지만 나로서는 그럴 만한 이유가 있소. 그 사연이나 한번 들어 보겠소?

나는 2년 전까지, 정확하게 1971년 봄이 되기까지 시라는 것을 써본 일이 없었소. 아니, 시를 쓴다는 생각조차 해본 일이 없었소. 시가 거의 40퍼센트를 차지하는 구약성서 연구에 30여 년 전념하면서도 시는 나에겐 생소하기만 했소. 날이 갈수록 그 시들은 나를 열등감으로 몰아넣고 있었던 것이오. 나는 그 시들을 문학작품으로 다룰 자신이 점점 더 없어져 갔던 것이오. 그래서 나는 구약의 시들을 역사적으로 신학적으로만 다루고 있었소.

그러던 차에 구약성서 번역이라는 막중한 책임이 나의 두 어깨 위에 떨어졌소. 정확하게 말해서 1968년 4월이었소. 그럭저럭 만

5년이 된 셈이죠. 문학작품 중의 문학작품이라는 구약성서를 어떻게 훌륭한 작품으로 옮겨 내느냐는 생각이 처음부터 나의 가슴을 무겁게 눌렀소. '특히 그 시들을 어떻게 하느냐?' 처음에는 한국 시단을 총동원할 심산이었는데, 그것이 뜻대로 안 되더군요. 그러고 보니 나는 궁지에 몰리게 된 셈이었소.

그래서 하는 수 없이 내가 시 공부를 시작할 밖에 없었던 것이오. 내 서가에 『현대시학』이 3호부터 있는 것을 보니까, 내가 한국 시에 머리를 처박은 것이 1969년 6월이었던 것 같군요. 그 후로 약 1년 반 동안 한국 시를 무던히 읽었죠.

그런데 그것이 쉬운 일이 아니더군. 무어가 무언지, 알 듯 모를 듯한 것이, 퍽이나 초조해지더군요. 그러는 가운데 문득 '써보면 좀 알까?' 이런 생각이 들더군요. 그래서 순전히 습작으로 긁적거린 것이 몇 분의 격려를 받아 이렇게 햇빛을 보게 된 것이오. 우선 남의 시에 눈이 열리기 시작했다는 것이 다행이구요.

그러나 무엇보다도 귀중한 소득은 나 자신의 모습을 밝히 볼 수 있게 되었다는 일이오. 구리거울에 비춰 보던 흐릿한 나의 모습을 바람 한 점 없는 숲속 호수에서 쨋쨋이 보는 느낌이랄까. 이렇게 나 자신의 모습을 찾고 보니, 갈증 같은 것이 생기더군. 나의 모습을 나보다 훨씬 민감한 이 땅의 시인들의 거울에 다시 비춰 보고 싶어지더란 말이오.

나는 구약성서를 전공 분야로 하고 30여 년을 살아온 셈이오. 한데 내 시의 가락은 구약성서의 시의 가락과는 퍽이나 다른 것처럼 느껴져서, 나는 저으기 어리둥절했었소. 그러다가 이건 너무나 당연한 일이 아니냐고 깨닫게 되더군요. 나는 히브리인이 아니고 한국인인데 말이오. 나의 감성이 히브리적인 감성에 압도되지 않은 것은 어찌 보면 다행한 일이 아니겠소? 그렇다고 내 생리 속에 들어와 동화된 히브리적인 것이 없지도 않을 텐데, 그것이 한국인 문익환의 감성에 부딪쳐 어떤 색깔을 내게 되었을까? 이건 정말 궁금한 정도가 아니오. 이건 아무래도 나의 가락이 이 땅의 시인들의 거문고 줄에서 어떻게 울릴지 두고 보아야 할 일 같군요.

나는 나의 시가 얼마나한 평가를 받느냐는 데 별 관심이 없소. 나는 나를 알고 싶을 따름이오. 이것은 아마 나의 신학적인 사고의 새 출발점이 될지도 모르오. 이만하면 내가 이 시집을 서둘러 내는 심정을 알 만하겠소?

1973. 4. 9.

수유리 한구석에서 늦봄 드림

통일시대에 새롭게 읽는, 늦봄 문익환의 시

1. "통일은 다 됐어"

2018년 4월 27일 금요일 오후 6시 39분, 판문점 평화의 집 3층 만찬장.

주빈석에는 문 대통령 왼쪽으로 김정숙 여사, 김영남 상임위원장, 서훈 국정원장, 김영철 부위원장, 오른쪽으로 김정은 위원장, 리설주 여사, 임종석 실장, 김여정 제1부부장, 정의용 실장이 자리했다.

텔레비전 화면을 가득 채운 그 자리에 홀연히 천진한 웃음을 띤 한 노인이 문 대통령과 김 위원장 사이에 조용히 나타났다. 1918년 6월 1일 생으로 1백 살 되는 늦봄 문익환! 이 범민족적 축제에 왜 하필 목사님을? 이라는 귓속말이 나올 법하다.

아니, 그가 그저 목사였던가? 그는 신부였고, 스님이며, 이맘이자, 랍비에, 박수무당에다 세상의 신앙이란 신앙, 온갖 신이란 신

에 잡귀와 마귀까지 두루 품은 시대의 한(恨)의 대행자가 아니었던
가. 그것으로도 모자라 무신론까지도 품어 안아 민주화와 통일과
평화와 번영을 민족사의 염원으로 승화시킨 한 톨의 '밥알', 밀알
이나 씨알이라는 선지자 의식을 말끔히 씻어 버린 채 민중의 허기
를 채워 줄 그 밥알이었던 늦봄!

일흔여섯 생애 중 여섯 차례에 걸쳐 11년 2개월을 옥중에서 보
냈던 우리 민족의 겸허한 심부름꾼. 그는 우리 시대의 어른이자,
한반도라는 광야를 떠돈 예언자며, 어둡고 거친 파도 넘실대는 동
서남 3해의 민족사의 등대이고, 설움 많은 민중의 동무이자, 반민
족 반민주 반통일에 맞서는 전선의 척후병이었다.

이 사람 문익환 말고 우리 민중의 소망을 담아 그 자리에 세우
고 싶은 분으로는 리영희 선생 정도일까. 저 음습했던 분단독재의
계절에 지리산과 태백산에서, 대구와 제주도와 여수 순천에서, 마
산과 경무대 앞에서, 금남로와 전남도청에서, 그리고 서울시청 앞
광장과 연세대 교정에서 타올랐던 모든 분노와 열망을 담아낸 우
리 시대의 대변인이었던 문익환 목사님.

그런데, 아, 그는 이미 스물네 해 전(1994년 1월 18일)에 가고 없다.
그럼에도 우리는 이 민족적인 큰 잔치 자리에 그를 소환하여 그

의 포효를 다시 한 번 청해 듣지 않을 수 없다. 그의 건배사는 필시 "통일은 다 됐어"라는 광희(狂喜)의 포효를 목이나 아랫배만이 아닌 족성(足聲)까지 동원하여 온 장내를 신명나게 들떠웠을 것이다.

어머니 / 운명하시기 사흘 전이었습니다 / 박형규 목사가 문병 와서 / 통일 보고 가셔야죠 하니까 / 어머니는 단호하게 말씀하셨습니다 / 통일은 다 됐어 // (…) / 제가 김일성 주석을 껴안았다고 해서 / 욕을 얻어먹은 걸 보시면서 / 어머니 염통에 불이 났지요 / 그것이 결국 어머니 수명을 단축시켰던 거구요 / 그 때문에 내가 며칠 일쩍 숨을 거두었단들 / 그게 뭐 대수냐 / 수경이를 껴안고 뒹구는 북쪽 겨레의 몸부림 속에서 / 나는 눈물로 온몸 녹아내리는 걸 느꼈단다 / 그렇군요 어머니 / 북쪽의 겨레는 남쪽에 사는 우리를 원수라고 생각하지 않고 / 미워하지도 않게 되었군요 / 미워하지 않게 된 것만이 아니라 / 뜨겁게 뜨겁게 사랑하고 한겨레가 된 거지 / 한겨레가 된 것이 죽고 싶도록 행복한 거지_**「통일은 다 됐어」 부분**

그의 어머니 김신묵 권사가 타계한 게 1990년 9월 18일이고 보면 이 시의 시간적 배경은 자신과 임수경이 북녘을 다녀온 1989년

207

부터 이듬해 즈음이다. 백두와 한라의 화합처럼 아름다웠던 김 주석과 문 목사의 포옹 장면이 선하다.

행여 이 시를 두고 통일 조급증이나 천진한 낙관론이라고 함부로 빈정대지는 말자. 여기서 통일이란 "기득권자들의 눈에는 보일 리 없지 / 겨레의 마음속 닫혔던 문 활짝 열린 것"을 뜻한다. 겨레의 마음 문이 활짝 열린다는 건 증오의 사라짐으로, 권투 경기가 끝나고, "이긴 남쪽 선수 진 북쪽 선수를 껴안으며 / 미안해 / 진 북쪽 선수 이긴 남쪽 선수에게 / 형 축하해"라고 토로하는 상대에 대한 배려와 아낌이다. 분단이란 휴전선의 철조망보다 불신 반목 질시 적개심으로 이글거리는 사람들의 마음이 더 끔찍하다.

"몇 해 전까지만 해도 남북 두 축구팀이 국제 경기에서 만나면 / 그것은 살벌한 전쟁"이었다. 남쪽 선수는 "일본 팀에게는 져도 북쪽 팀에게는 질 수 없다며 / 눈에 쌍심지를 켜고" 달려들었고, 북쪽 선수들은 "미국 팀에게는 져도 남쪽 팀에게는 질 수 없다"며 살기등등했다. 그러던 것이 문익환, 임수경 방북 사건 이후인 1990년 자카르타의 아시아 청소년 축구대회에서는 "남쪽 선수들은 북쪽 선수들이 발목을 삘세라 / 북쪽 선수들은 남쪽 선수들의 다리에 생채기라도 날세라" 아껴 주며, 연장전까지 벌였으나 "반

칙 한 번 없는 경기를 해냈거든 / 한겨레라는 것이 그렇게도 소중
했던 거야"라는 진풍경이 일어났다.

백두산이 언제 한라산을 미워한 일이 있었니 / 한라산이 언제 백두
산을 향해 총을 겨눈 적이 있었니 / 압록강 금강 대동강 한강 물이
서해 바다에 가서 어울려 / 신나기만 한 거 아니겠니 / 두만강 낙동
강 물도 동해 바다와 남해에서 어울려 / 출렁이다가 / 하늘로 구름
이 되어 떠돌다가 / 남쪽 북쪽 가리지 않고 / 단비로 쏟아지는 거 아
니겠니 // 태백산 줄기 억센 허리 언제 끊어진 일이 있었니 // 그렇
군요 어머니 / 그렇군요 어머니 / 통일된 민족, 통일 대장정 만세
   _「통일은 다 됐어」부분

2018 평창 동계올림픽의 평화정신은 하루아침에 형성된 게 아
니라 이처럼 긴 민족통일운동이 가꿔 온 열매였다. 남의 나라 출
신인 여자 아이스하키 감독 세라 머리 같은 평화주의자도 있건만,
같은 민족 내부에서 놀부 심술로 훼방꾼 역을 자행한 독재와 부정
부패 비호자들은 지금도 우리를 슬프게 한다.
   더군다나 이번 '판문점 선언'(2018년 4월 27일) 앞에서야 통일공포

증 환자들이 앞으로 얼마나 기발한 발작 증세를 보일지 자못 염려
스럽다.

늦봄의 "통일은 이미 됐어"라는 직절한 포효는 이제 4.27 판문점
선언으로 현실화되는 계기를 맞았다. 그것은 남북이 여자 아이스하
키팀처럼 사이좋게 종전과 평화와 번영을 누리겠다는 뜻이지 상대
를 비난하거나 매도하겠다는 개념이 아니다. 배격할 대상은 북이
아니라 민족 화해를 훼방질하는 외세임을 인식하는 게 통일론의 첫
걸음임을 일찌감치 밝혀 준 게 4.27과 문익환의 통일론이다.

2. 통일시의 향방

분단 이후 통일 일꾼이나 통일 문사는 긴 대열을 이뤄 왔다. 그
간 통일시는 민족사의 당위론(문병란의 「직녀에게」가 그 상징)을 강조
한 작품이 압도적이었고, 그다음이 남북의 갈등과 전쟁의 비참성
고발, 이어서 흩어진 가족을 향한 그리움과 평화 정착에 대한 애
원 등등이 대세였다. 특히 1990년대 이후에는 북이 고향인 김규
동, 이기형처럼 절박한 가족애가 묻어나는 호소가 대중적인 공감
대를 넓혀 주었다.

그런데도 문익환처럼 통일시를 민족사적인 필연성에다 3대에 걸친 가족사적인 소망과 조화를 이뤄 민족 주체성에 입각한 반전 평화 번영의 전망을 선명하게 노래한 시인은 드물다. 그를 통일 운동에 뛰어들게 한 건 아버지(문재린, 1896-1985)와 어머니(김신묵, 1895-1990)였다.

"1899년 2월 18일 / 아버지는 네 살에 / 독립군 아버지 어머니 품에 안겨 / 어머니는 다섯 살에 / 동학군 아버지 어머니 등에 업혀 / 하루에 두만강 얼음판"을 건넜다. 그 부모가 "1985년 설날 / 예순일곱이 되는 아들(문익환) / 예순여섯이 되는 며느리(박용길)의 / 세배를 받으시며", "갈라져 피 흘리는 조국 생각하는 마음 / 이대로는 눈 감을 수 없어 / 이젠 우리더러 통일꾼이 되라신다." "원산 함흥 회령을 거쳐 / 눈보라 휘몰아치는 북간도 용정 새장 거리에 서서 / 조선 독립 만세 / 조선 통일 만세 / 목이 터지게 부르다가 쓰러지는 게 / 마지막 소원이시란다." 못다 이룬 이 소망에는 동학군부터 독립군을 거쳐 3대에 이어진 통일에의 열망과 한이 담겨 있어, 기어이 시인 문익환은 맹세하고야 만다.

그 소원 겨레의 소원 내 소원이라고 / 열 번 죽어도 스무 번 죽어도

/ 이 소원 이루고야 말리라고 / 이 소원 못 이루느니 / 차라리 날벼

락 맞아 죽을 거라고 / 거룩한 이 땅에 묻히는 걸 / 거절할 거라고

_**「통일꾼의 노래 1」 부분**

시인에게 분단이란 "여권이라도 얻어 비행기를 타면 / 뉴욕도

뉴델리도 파리로도 갈 수 있을 테지 / 그런데 중학교 동창생들이

아직도 있을 텐데 / 평양엔 못 간다 이거지"(「독백」 부분)라는 갑갑함

이다. 여기서 탈출을 모색한 것이 시 「잠꼬대 아닌 잠꼬대」다.

난 올해 안으로 평양으로 갈 거야 / 기어코 가고 말 거야 이건 /

잠꼬대가 아니라고 농담이 아니라고 / 이건 진담이라고_**「잠꼬대**

아닌 잠꼬대」 부분

"누가 시인이 아니랄까 봐서 / 터무니없는 상상력을 또 펼치는

거야"라며 시인은 "이 1989년이 가기 전에 진짜 갈 거라고 / 가기

로 결심했다구." 이렇게 다짐했는데, 그대로 실현됐다. 그가 평양

엘 가서 하고 싶었던 건 "부끄럽게도 부끄럽게도 서로 찔러 죽이

면서 / 괴뢰니 주구니 하며 원수가 되어 대립하던 / 사상이니 이념

이니 제도니 하던 신주단지들을 / 부수어 버리면서 말이야"라고 호기를 부린다. 꼼꼼히 읽노라면 기독교 이념에 입각해서 남북의 닫힌 신줏단지를 깨부수겠다는 투지가 돋보이는데도 대충 넘어가노라면 분단의 바위를 맨발로 걷어차 무너뜨리려는 의지가 부각되어 은근슬쩍 평화통일론처럼 호도되기도 한다.

어쨌든 문 시인은 「잠꼬대 아닌 잠꼬대」(1989)로, 국제적인 명성을 가진 정경모 선생의 방북 권유를 받게 되었다. 마침 노태우의 특별선언으로 남북대화 모색과 북방정책 추진의 시발(1988년 7월 7일) 때문에 갈까 말까 우여곡절을 겪긴 했지만, 결국 방북했다.

이런 내력을 가진 통일꾼 문익환에게 통일이란 그저 "양심이라고 / 양심이라고 뭐 대단한 게 아잉 기라 / 좋은 거 좋다고 하는 기 양심인 기라"(「양심이라고」 부분)에 속한다. "그런 걸 민족적 양심이라고 하는 거겠제 / 제기랄 그 양심 지금 어디 가서 지랄하고 있는 거지"라는 게 이 시인의 한탄이다.

양심대로 행동하는 게 통일이라면 그 행동의 전제조건은 자유일 터이다. 자유롭게 행동하는 걸 통일운동의 핵심으로 파악한 이 시인은 부자간의 대화체 형식으로 쓴 시 「자유」에서 남녘의 소시민들이 자유로운 양 나날을 보내는 데에 자족한 모습을 보여준다.

그러고는 "왜 한숨뿐인가요 / 밭이랑처럼 주름 깊은 몸과 마음 / 왜 그냥 눈물인가요"라고 되묻는다. 이에 아버지는 "자유는 그냥 아픔이다 슬픔이다 / 피맺힌 한을 날려 보내는 일이다 / 아픈 가슴들로 모여 와서 / 이 철조망을 뽑아내는 일이다"라며, 휴전선을 붕괴시키는 게 곧 자유라고 강변한다. 휴전선을 두고는 결단코 자유로울 수 없다는, 분단 상태에서는 민주주의도 행복도, 평화도 경제발전도 모래밭 위의 누각임을 이 시는 보여준다. 아무리 경제 발전 해봤자 힘 센 나라의 무기 도입에 목돈 털어 넣고 나서는 국민복지 예산을 깎아대는 게 무슨 국권이냐. 강대국이 우리에게 공짜로 무기 대주면서 싸우라고 억박질러도 우리끼리 싸우지 않겠다는 게 4.27 선언이고 문익환의 통일사상이다.

남북이 증오심에 차 있으면 아무리 철통같은 휴전선이라도 안심할 수 없기 때문에 거기에다 비무장지대까지 설치했지만 오히려 그게 위험을 가중시켜 왔기에 종전 선언과 평화협정이 유일한 해결책인데, 이걸 〈4.27 판문점 선언〉은 곧 실현하도록 단단하게 대못을 박고 있다. 이런 사태를 예견이나 한 듯이 문익환 시인은 시 「비무장지대」에서 남과 북이 총과 군복과 계급장을 떼고 들어가 "바가지로 막걸리를 돌리며 / 멧돼지 고기"를 뜯어먹는 광경을 보여준다. 그래서 이런 비무장지대를 북으로는 백두산까지, 남으로는 한라산까지 밀어붙이는 게 한반도 평화협정의 실체라고 밝혔다.

비무장지대를 점점 더 넓혀 반도 전체를 평화스럽게 만드는 풍경은 신동엽이 1968년에 쓴 「술을 많이 마시고 잔 어제 밤은」을 연상케 한다. 취몽(醉夢)을 통해 완충지대 혹은 중립지대가 점점 더 넓어져 "꽃 피는 반도는 / 남에서 북쪽 끝까지 / 완충지대, / 그 모오든 쇠붙이는 말끔히 씻겨가고 / 사랑 뜨는 반도, / 황금이삭 타작하는 순이네 마을 돌이네 마을마다 / 높이높이 중립의 분수는 / 나부끼데"라는 절창과 늦봄의 「비무장지대」는 일맥상통한다.

3. 천지신명과 하느님

그래서였으리라. 늦봄 시인 역시 절창 중 하나인 「꿈을 비는 마음」이란 작품이 탄생한다. 두 번째 시집의 제목이기도 한 「꿈을 비는 마음」은 윤보선의 집 마당에서 출판기념회를 열었는데, 문 목사의 문단적 행사로는 가장 성대한 잔치였다. 이 시를 일러 이해동 목사는 "거짓투성이 현실에서 진실은 꿈일 수밖에 없는 것, 사슬에 묶인 노예에게 해방과 자유는 꿈의 세계일 수밖에 없는 것, 그는 꿈을 꾸는 게 아니라 사는 사람이었다."라고 논평했다.

개똥 같은 내일이야 / 꿈 아닌들 안 오리오마는 / 조개 속 보드라운 살 바늘에 찔린 듯한 / 상처에서 저도 몰래 남도 몰래 자라는 / 진주 같은 꿈으로 잉태된 내일이야 / 꿈 아니곤 오는 법이 없다네 **「꿈을 비는 마음」 부분**

흙수저 인생에게 "개똥 같은 내일"이란 자유도 풍요도 없는 노예적인 빈곤한 삶으로, 이를 벗어날 재간도 전망도 없다는 뜻이다. 그러니 꿈에서라도 이뤄 보고자 빌어야 하는데, 늦봄이 하필이면 "보름달이 뜨거든 정화수 한 대접 떠놓고 / 진주 같은 꿈 한 자리 점지해 줍시사고 / 천지신명께 빌지 않으려나!"라고 하다니! 설마하니 하느님을 배신한 건 아닐 테니 필유곡절(必有曲折)이렸다.

이 서정적 주체인 흙수저가 바라는 첫 소망이 "국군의 피로 뒤범벅이 되었던 북녘 땅 한 삽 / 공산군의 살이 썩은 남녘 땅 한 삽씩 떠서 / 합장을 지내는 꿈"이었으니, 그런 토박이의 꿈을 이뤄 줄 대상이 아무려면 천지신명일 수밖에 없음이다. 이 합창은 곧 통일의 상징이기도 하다. 이어 두 번째 꿈은 남북의 동남동녀들만 골라 화촉을 올리고 박달나무 아래서 "뜨겁게들 사랑하는 꿈, 그러고는" 딸 아들 낳는 꿈이니 역시 이방신의 관할 영역이기에는 좀 거추장스럽다. 마지막 꿈은 자연과 사람과 짐승과 물고기가 하나 되어 신명나게 살아가는 "어처구니없는 꿈"인지라, "비나이다 비나이다 / 천지신명님 비나이다 / 밝고 싱싱한 꿈 한자리, / 부디 부디 점지해 주사이다"로 끝맺음할 수밖에 없다.

이 시를 통해서 느끼는 문 시인의 토착적인 민중성은 이용악의 시에 등장하는 구릿빛 얼굴의 건장한 농민상처럼 믿음직스럽다. 늦봄은 차라리 이런 소망을 비는 대상으로 떠올린 천지신명을 어쩌면 하느님과 동일체로 인식했을 것이다. 그는 이미 기독교 신앙에 자신이 있었기 때문에 마음 터놓고 천지신명의 신도 소환했다고 볼 수 있다.

그렇게 주장할 만한 근거는 많은데, 가장 공감대가 큰 논리는 아놀드 토인비가 제공해 준다. 그는 아들 필립 토인비와의 대화에서 미국 앨라배마주의 소도시 터스키기 소재 흑인 대학을 방문 중 예배당에서 봤던 아담과 이브를 비롯한 성서 이야기들의 그림에

대해 이야기한다.

거기를 보니까 아담과 이브는 검었다. 구약의 예언자가 검었다. 신약의 사도도 검고. 그러나 그리스도만은 하얗게 되어 있었다. 불쌍했었다. 비극적인 일이다. 과연 그리스도를 까맣게 그릴 용기가 없었으니 말이지. 이건 아주 잘못된 일이야. 이것은 결국 흑인도 하얗게 되고 싶다는 감정을 나타내고 있는 것이 아닌가! **『역사의 여울목에 서』, 범우사**

시인 김정환은 장편 연작시집 『황색 예수전』(실천문학)을, 시인 정호승은 시선집 『서울의 예수』(민음사)를 냈지만, 한국의 교회는 여전히 백인 예수만 맹신하는지라 이에 대한 반성이 문 목사로 하여금 천지신명을 내세우게 했을 것이다.

일찌감치 단재 신채호는 한국의 외세 추종 풍조를 이렇게 질타하고 있다.

… 중국의 석가가 인도와 다르며, 일본의 공자가 중국과 다르며, 마르크스도 카우츠키의 마르크스와 레닌의 마르크스와 중국이나 일

본의 마르크스가 다 다름이다.

우리 조선 사람은 매양 이해(利害) 이외에서 진리를 찾으려 하므로,
석가가 들어오면 조선의 석가가 되지 않고 석가의 조선이 되며, 공
자가 들어오면 조선의 공자가 되지 않고 공자의 조선이 되며, 무슨
주의가 들어와도 조선의 주의가 되지 않고 주의의 조선이 되려 한
다._「낭객(浪客)의 신년 만필(新年漫筆)」, 1925

석학 문익환이 이런 문명사의 이치와 민족 주체성을 넉넉하게
깨달았음은 분명하고, 그래서 시 창작에 임하는 자세에서는 유난
히 토착성 짙은 정서와 언어를 즐겨 수렴한다.

4. 시와 투쟁의 조화

목사 문익환이 우리글에 관심을 가진 배경에는 최현배의 『글자
의 혁명』을 읽고 난 뒤부터였다고 자신이 밝혀 준다. 1949년 도미
유학 전 그는 설교문을 풀어 쓰기도 했다. "태초에 하나님의 말씀
이 있었다."를 "한 처음에 하느님의 말씀이 있었다."로 고쳐 쓴 것
은 최현배식이다. 이런 그의 한글 구사력은 명성을 얻어 1968년

(51살), 신구교 성서공동번역 책임위원에 위촉됐는데, 이를 통하여 그가 얻은 경험은 "첫째 신교와 구교의 벽이 허물어지는 경험, 둘째 신학적인 편견이 걷히는 경험, 셋째 히브리인들과 한국인들 사이의 벽을 허물고 교회와 사회를 갈라놓는 말의 담을 허무는 경험"(김형수, 『문익환 평전』, 실천문학사, 375쪽)들이었다. 아직 시인도 아닌 탐구심 강한 성실한 목사 문익환의 이 작업은 "한국인 전체가 읽을 수 있는 번역", 그것도 "한국인의 생각을 무리 없이 움직여 생의 궤도를 바꿀 수 있는 번역"(같은 책, 381쪽)을 목표로 한 야심 찬 선교 지향성 운동이었다. 그는 감히 "히브리어와 한국어가 부딪힐 때 깨어져야 하는 것은 한국어가 아니고 히브리어여야 한다!"(383쪽)고 할 정도로 토착성을 중하게 여겼다.

그런 문익환이 시를 쓰게 된 동기는 첫 번째 시집 『새삼스런 하루』(1973년 6월 1일 55살 생일날 출간, 늦봄이란 아호를 공식화하고 시인으로 다시 태어남 상징)의 '후기'인 「당신에게」에 잘 나타나 있다. 그는 1971년 봄까지 시라는 것을 써본 일도, 쓴다는 생각조차 해보지 않았다. 시가 거의 40%인 『구약성서』를 30여 년 연구하면서도 자신은 도리어 열등감을 느끼며, 문학작품으로 다룰 자신을 잃어가던 중 1968년 4월 성서 번역에 손대면서 시 공부를 시작할 수밖에 없는 처지로 몰렸다.

　성서학자가 서가에 계간『현대시학』을 3호부터 갖추게 된 건 1969년 6월, 그 후 약 1년 반 동안 한국 시를 섭렵했다.

　그는 자신의 시 가락이 구약성서의 시와 다른 걸 알고 어리둥절했다가 이내 "나는 허브리인이 아니고 한국인"임을 깨닫고 그 미망에서 빠져나왔다. 이건 함석헌이 한국시를 섭렵하지 않은 채 성서적 가치관으로 시를 창작한 사실과 대조적이다. 함 시인은 시 창작을 하면서 성서와 토착성, 현실비판 의식과 서정성의 갈등 같은 문제를 전혀 의식하지 않은 듯하다. 두 종교인의 시를 비교해 보면 흥미로울 텐데 여기서는 넘어가기로 한다.

　문 시인 자신의 기록에 따르면 1971년(53살)에 시 쓰기를 시작했고, 그 첫 작품은 「53」으로 이게 사실상 처녀작이다. 그 생일날은 "하늘까지 적시는 이슬비가 / 가만가만 내린다 / 나를 생각해 주는 마음 마음이 / 기도의 은실이 되어 / 소리 없이 내린다" 여기까지는 그가 섭렵했던 황금찬 시인의 작풍이 풍기는데, 이 뒷부분은 누구도 흉내 낼 수 없는 저 북간도의 아스라한 추억이 등장하면서 오로지 자신만의 시세계를 구축한다.

　폐병 들린 허약한 소원으로 쉰까지만 살았으면 하던 미청년 문익환이 54살을 맞아 덤으로 4년을 더 살았다며 인생론적인 독백을 펼친 게 시 「덤」이다. "여섯 달 살고 / 혼자 되어도 좋다며 / 시집온 아내 / 그 나팔꽃 같은 마음에 내 목청을 다 쏟고 / 펄럭이는 가슴 옷자락에 / 아내의 체온을 묻히며 살기 / 벌써 28년, / 이제사 나는 / 덤으로 사랑을 알 듯하다 / 바다 물살에 무너져 내리는 / 호(호근), 영(영금), 의(의근), 성(성근) 네 놈의 / 모래성"이라는 일가족의 삶을 보듬어 낸 이 시는 박목월의 후기 시풍의 체취가 스며 있지만 짙은 감동을 전해 준다.

이 시집 1부는 시인 자신의 삶의 편린(片鱗)을 담은 소중한 시편들로 구성되어 있다. 여기에는 북간도의 어린 시절의 추억부터 교도소에서 밤비 소리를 들으며 느낀 것, 출소 후에도 감방 안인 듯 착각하기, 바위를 보고 느낀 존재론적 상념 등등 삶의 현장을 담았다.

그런데 핍진한 세월은 문익환을 성서 번역에만 몰두할 수 있도록 내버려 두지 않았다. 장준하의 참변(1975년 8월 17일) 이후 그는 민족열사 장준하 영결식 장례위원장을 맡아 장례를 치른 후 귀로의 버스에서 백기완 선생이 "이제 문 선생님이 장준하 영감의 대타로 나서 주지 않겠습니까?"라고 졸랐고, 어느새 문 목사는 역사의 현장에 나서게 되었다.

리영희 선생의 글을 통해 월남전의 진상에 다가선 그는 민이 하나가 된다면 세계 최강의 힘을 가진 외세도 무릎을 꿇을 수밖에 없다, 자유주의가 독재를 하면 분단된 사회의 민중은 공산주의를 선택해서라도 국민통합의 길을 가게 된다는 취지의 주장을 하는 단계에 이르러 이제 민주화와 통일운동의 상징인물로 우뚝 섰다.

"그러나 내게는 성서 번역이라는 나의 생을 건 일이 있어서 그 일에 몰두하는 것으로 암담한 오늘의 역사를 잊으려고 했던 거죠."라는 변명 따위도 통하지 않았다. 양성우와 이현주 목사도 참여했던 성서 번역은 이제 뒷전이었다.

3.1구국선언 사건(1976년 3월 1일)이 그의 첫 시련이었다. 발상과 선언문 초안까지 맡았던 그는 마치 2.8독립선언 때의 이광수처럼 막상 명동성당 현장에는 나가지 않았지만 결국은 진상이 밝혀져 첫 징역살이(1977년 12월 31일, 22개월 만에 출옥)를 했다. 그런데 이런 격랑 속에서도 그의 시는 여전히 그의 몸가짐과 얼굴처럼 맑았다. 이유인즉, "예수가 밥 한 덩어리의 철학으로 나에게 열려 왔으니 난 감옥에 오지 않았다면 예수를 헛 믿을 뻔했다고 말해야 하지 않을까 싶군요."라는 늦봄 특유의 도통 때문이었다.

40년 방황하던 모세가 시내산에서 하느님의 "네가 선 땅은 거룩한 땅이니 네 발에서 신을 벗어라. (…) 모든 장소가, 모든 사람이, 모든 일이 거룩한 것"이라는 목소리를 들었듯이 문익환 성자는 신학을 결심한 지 40년 만에 선 자리(전주 교도소)에서 신발을 벗었다.

이래서 아우 문동환이 "형님! 그런데 왜 형님의 시는 평소의 고민들이 그림자조차 없어요?"라고 묻자 "왜? 없는 건 아냐. 하지만 공동 번역이 끝날 때까지 자제하는 거지."라고 태연하게 답할 수 있었고, 그런 시 창작 자세는 변하지 않았다.

이 시집 2부는 장준하, 김근태, 전태일, 이소선을 비롯한 인물들과 역사의 현장감이 묻어나는 작품들로 묶어졌다. 이어 3부는 통일시들의 모음집이며, 4부는 신앙시편들이다.

그에게 시는 곧 "말씀을 담는 그릇"이었다. 더 자세한 언급은 오히려 문 목사의 시에 접근하는 길에 장애가 될까 두렵다. 이 시집 출간을 계기로 시인 문익환에 대한 논의가 활발해지기를 기대한다.

죽어도 살아나는 시

　나는 그날 평양에서 헤어지기 전에 문익환 목사가 내게 자작시를 읽어 주던 그 낭랑한 목소리를 지금도 잊지 못한다. 우리는 각기 행로를 달리하여 그는 일본 거쳐 서울로, 나는 유럽으로 헤어져 가게 될 터였다. 목사님은 귀국하자마자 안기부 지하실로 잡혀갔고 나는 북한 방문기를 쓰기 위하여 정처 없는 망명길에 나서야 했다.

　그는 장준하의 죽음 이후 벗의 뒤를 이어 군사독재와 싸우기로 결심했고 연이어 투옥이 거듭되는 가운데 십일 년이나 옥살이를 하게 된다. 그는 어쩌면 후쿠오카 감옥에서 비명에 스러져 간 친구 윤동주 시인의 넋이 씌었는지도 모른다. 문익환 목사는 신학 공부와 현대판 우리말 성경의 번역에 몰두해 있다가 뒤늦게 민주화 운동에 뛰어들었으며 그러한 사연으로 자신의 아호를 '늦봄'이라 지었다. 성경에 이르되 늦게 온 자가 먼저 간다더니 목사님은 누구보다도 맨 앞장에 서서 독재와 싸웠다. 그는 비록 몸은 늙었으나 정신은 늘 아름다운 청년이었다. 그는 감옥에서 문학에 눈을 뜨면서 명상을 하고 시를 쓰기 시작했다. 그의 시는 순결하고 낙천적이며 사랑과 꿈으로 가득 차 있다. 내가 그이와 함께했던 것이 한두 번이 아니지만 특히 그가 전주 감옥에서 죽기를 각오하고 장기 단식에 들어가 있었을 때에 항의 시위를 하러 갔던 일이 생각난다. 나중에 그는 「마지막 시」라는 감동적인 시를 남겼다.

나는 죽는다 / 나는 이 겨레의 허기진 역사에 묻혀야 한다 / 두 동강 난 이 땅에 묻히기 전에 / 나의 스승은 죽어서 산다고 그러셨지 / 아, 그 말만 생각하자 / 그 말만 믿자 그리고 / 동주와 같이 별을 노래하면서 / 이 밤에도 / 죽음을 살자

그가 방북 이후 감옥에서 나왔을 때 나는 망명지 뉴욕에서 안부 전화를 드렸고 그가 당부했다. '통일운동은 대중운동이 되어야 합니다. 그래서는 뜻이 같은 사람은 물론이고 나와 생각이 다른 이들도 함께할 수 있도록 노력해야 합니다.' 그리고 며칠 후에 그는 세상을 떠났다.

문익환 목사를 회상할 때마다 나는 '죽어서 산다'는 의미를 다시금 곱씹으면서 윤동주와 장준하와 문익환이 바라보던 밤하늘의 별빛을 새롭게 올려다본다.

– 황석영(소설가)

시를 읽는 것은

'나를 알고 싶어서' 쉰 고개 넘어 쓰기 시작한 그의 시를 읽으며 저는 묻고 물었습니다. 시는 무엇일까.

그의 시 앞에서 저는 가슴을 어루만지며 깨닫고는 했습니다. 시를 읽는 것은 심장을 온전히 그 시에 내어 주는 일이라는 걸.

아픈 역사가 시가 되어서일 겁니다. 측량할 길 없는 고통들이 시가 되어서 일 겁니다. 혀가 아니라 양심과 사랑으로 쓴 시여서.

그가 '나를 알고 싶어서' 쓴 시들은 한결같이 이웃과 시대를 위한 번제물이 되어 타오르고 있었습니다. 일제식민지배와 한국전쟁, 분단, 군부독재로 얼룩진 우리의 역사는 고스란히 그의 시들에 기록되어 있었습니다. 우리의 역사가 빚진 이름들이, 우리가 내 몸과 같이 사랑하지 못했던 이웃들 또한.

스스로를 '철없는 죄인'이라 부르며, 스스로를 낮추고 낮추어 더 낮아질 데 없는 자리에서 눈물로 쓴 시들. 절절한 기도이기도 한 그 시들 앞에서 강철처럼 뻣뻣하던 제 영혼은 스스로 낮아지고 있었습니다.

그가 우리의 선한 아버지이자, 스승이자, 목자였다는 걸 깨닫는 데는 이 한 권의 시집으로도 충분합니다.

복된 밤, 그의 시 한 구절을 읊조려 봅니다.

'모든 걸 믿으며 모든 걸 사랑하며 기다려라.'

-김숨(소설가)

두 손바닥은 따뜻하다

2018년 5월 18일 1판 1쇄
2018년 9월 10일 1판 2쇄

지은이 문익환

편집 김태희·장슬기·나고은·김아름 **디자인** 김민해
제작 박홍기 **마케팅** 이병규·양현범·이장열

인쇄 천일문화사 **제책** 책다움

펴낸이 강맑실 **펴낸곳** (주)사계절출판사
등록 제406-2003-034호 **주소** (우)10881 경기도 파주시 회동길 252
전화 031)955-8588, 8558 **전송** 마케팅부 031)955-8595 편집부 031)955-8596
홈페이지 www.sakyejul.net **전자우편** skj@sakyejul.co.kr
블로그 skjmail.blog.me **페이스북** facebook.com/sakyejul
트위터 twitter.com/sakyejul

© 문영금, 2018

ISBN 979-11-6094-367-2 03810

이 도서의 국립중앙도서관 출판시도서목록(CIP)은
서지정보유통지원시스템 홈페이지(http://www.seoji.nl.go.kr)와
국가자료공동목록시스템(http://www.nl.go.kr/kolisnet)에서
이용하실 수 있습니다. (CIP제어번호: CIP2018013629)